노조미 코타

일러스트 = 퐁키치

Genius Hero and
Maid Sister.

신동용사와 메이드 누나 { Presented by Kota Nozomi
Illustration = pyon-Kti } 2

"이, 이거 놔⋯⋯ 무겁다고⋯⋯"

"⋯⋯⋯⋯"

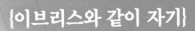

"저, 저기, 이브리스……"

"…………."

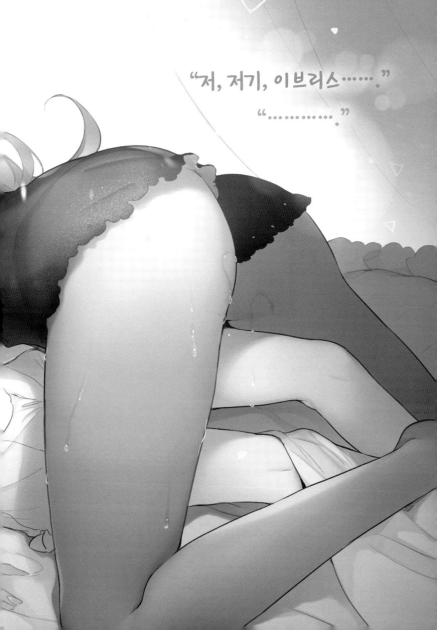

"이, 이렇게 행복한 일이
있어도 되는 걸까요……?
아아, 정말이지, 지금 당장 죽어도
한 점의 후회도 없습니다……!"

"……아으. 아르세라,
여, 역시 창피한데, 이거."

"아아……. 대, 대단해. 정말 훌륭해요……! 너, 너무……"

아르셰라는 감격의 목소리를 내며 그 자리에 주저앉았다. 자신이 이 세상에 태어난 의미를 찾아낸 것 같은, 더할 나위 없이 황홀한 표정을 지으며.

나기는—— 거의 알몸이었다. 가슴과 사타구니를 하얀 천으로 가렸을 뿐.
가슴을 짓누르는 것처럼 감은 『사라시』와, 사타구니의 『훈도시』. 동방의 속옷이라는 것 같다.

CONTENTS

Genius Hero and Maid Sister.2

Presented by Kota Nozomi / Illustration = pyon-Kti

신동용사와
메이드 누나

본문, 컬러일러스트 퐁키치

프롤로그

Genius Hero and Maid Sister.

2년 전——

마왕군과 인류의 전쟁은 격화 일변도였다.

대륙 각지에서 마왕군이 맹위를 떨치면서 인간의 나라들을 유린했다.

강대한 무력을 자랑하는 마족의 군세는 인류에게 있어 더할 나위 없는 위협이었지만—— 그렇다고 인류라고 가만히 당하고만 있던 것은 아니었다.

각국의 정예들이 필사적으로 마왕군과 싸웠다.

대륙 최대의 국가—— 로가나 왕국도 무력을 총동원해서 마왕군 정벌을 위해 노력했다.

왕가 직속 군대——『기사단』을 동원해서 주요 도시들을 지키면서, 극히 일부의 정예 부대를 각지로 파견해서 마족에게 점거당한 지구의 해방과 마왕군 거점 제압을 노렸다.

『신동』이라 칭송받은 소년 시온 터레스크도, 그런 선택받은 정예 중에 한 명이었다.

당시에 그의 나이는—— 겨우 열 살.

사상 최연소로『용사』칭호를 받고, 왕국에 대대로 전해 내려오는 성검 중 하나인『멜토르』의 사용이 허락된 천재 소년.

시온은 왕실의 명에 따라 전장으로 향했고, 그리고 주위가 기대한 이상의 전과를 올렸다——

"——?! 뭐, 뭐야, 이 힘은……!"

그것은 시온이 마왕군과 싸우기 시작했던 무렵의 일.

훗날 『용사 파티』라고 불리게 되는 동료들도 모이지 않았고, 『검사』레비우스 벨터 서게인과 둘이서 각지의 전장을 돌아다니던 시절.

마왕군에게 점거당했던 도시 중 하나를, 그들은 단둘이서 해방했다.

거리를 근거지로 삼고 있던 마왕군 간부를 쓰러트리고, 노예로 잡혀 있던 주민들을 구출했다.

그날 밤——

전투 중에 부상을 입은 레비우스의 치료를 마치고, 아직 도망치지 못한 주민이 있지 않을까 싶어서, 시온이 혼자서 시내로 돌아왔을 때—— 강대한 마력 파동이 시온을 덮쳤다.

"——흐응. 이거 깜짝 놀랐네."

앞서 마족과 싸울 때 무너진 시내의 건조물—— 그 파편 위에, 금발 여자가 서 있었다.

"설마 『용사』가 이렇게 조그만 남자아이였다니."

호전적이고 도발적인 눈으로 내려다보는 미녀. 달빛을 받아서 빛나는 머리카락은 태양처럼 눈부시고 아름답다. 머리에는 개나 늑대가 생각나게 하는 귀가 달렸고, 등 뒤에서는 꼬리가 신난다는 것처럼 흔들렸다.

"후후. 너, 귀엽다. 잡아먹고 싶어지네."

"…………."

시온은 아무 말도 못 했다.

아니, 숨쉬기도 힘들었다.

금발 여자는 경박한 말투로 말을 걸어왔지만—— 그 몸에서 발산되는 마력은 엄청났기 때문이다.

찌르는 것 같은 압박감 앞에서, 꼼짝도 못 했다.

게다가——

'뭐, 뭐야, 이 놈들은……!'

금발 여자와 동등한 위풍을 지닌 자가—— 세 명이나 더 있었다.

"흥. 이 도시를 맡았던 가발인가 하는 놈은 정말 멍청이였나본데. 이런 꼬맹이한테 당하고 말이야."

날카로운 눈빛으로 내려다보는 자는 갈색 피부와 회색 머리카락을 지닌 미녀.

뾰족한 귀는 대륙 북방에 산다는 전설적인 종족『엘프』처럼 보였다.

"페이나, 이브리스. 겉모습으로 판단해서는 안 된다."

냉담하게 말한 것은 매끄러운 건은 머리카락의 미녀. 동방에서 유래한 옷을 입고 허리에는 큰 칼을 찼다. 이마에 나 있는 뿔은 뿌리 부분이 까맣고, 끝으로 갈수록 피처럼 빨간색이 됐다.

"지난번 싸움은 조금 지켜봤다. 지금은 아직 미숙하고 거칠지만…… 영문 모를 힘을 숨기고 있다. 이대로 성장하면, 언젠가 우리를 위협할 존재가 될지도 모른다……."

담담하게 말하며, 칼자루에 손을 얹었다.

꼬리가 긴 눈에는 차가운 살기가 깃들어 있다.

"그 재능이 꽃피기 전에, 이 틈에 싹을 뽑아둬야 하나."

"──그만두세요, 나기."

그때.

정숙한 목소리가, 검은 머리 미녀의 움직임을 제지했다.

"오늘은 그냥 상황을 지켜보러 왔을 텐데요. 함부로 손을 쓰면 마왕님의 진노를 살 수도 있습니다."

"……그랬지."

"우후후. 그나저나…… 정말 귀여운 도련님이군요."

요염한 눈길을 보내온 것은 요염한 분위기가 감도는 미녀였다. 머리에는 비틀린 뿔, 허리에는 칠흑의 날개. 그리고── 입가를 가린 검은 천.

몸에는 약간의 천만 둘렀을 뿐이라서 노출이 많고, 덕분에 그녀의 관능적인 육체가 아낌없이 드러나 있었다. 더불어 가리고 있는 입가가 그 색기를 더욱 강조해줬다.

달빛을 등진, 흉악하면서도 아름다운 네 명의 여자 마족.

인간에게서는 도저히 느낄 수 없는 기척이 감도는 그녀들 앞에서, 시온은 압도당했다.

어쩌면, 반한 건지도 모른다.

방대한 마력과 엄청난 살기를 마구 뿌려대며, 그 누구 앞에서도 부끄러워하지 않고 이 세상에 군림하는 여자들── 인간 여자에게서는 절대로 찾아볼 수 없는 폭력적이고 절대적인 미모 앞에서, 소년은 할 말을 잃었다.

"처음 뵙겠습니다, 용사 도련님."

요염한 미녀가 시온을 내려다보며 말했다.

"그렇게 긴장하지 않아도 돼. 오늘은 너한테 손댈 생각은 없으니까."

"대체 뭐야…… 너희는."

"우리는 『사천여왕(레이디스토피아)』. 이름 정도는 들어봤으려나?"

"뭐라고……!"

깜짝 놀라는 시온.

『사천여왕』.

마왕군과 싸우는 자 중에 그 악명을 모르는 사람은 없을 것이다.

마왕의 측근이자 마왕군 최고 간부.

'금색 털의 늑대 인간, 『다크 엘프』, 동방의 오니, 그리고 음마의 여왕…… 틀림없어.'

기존에 알고 있던 정보와 눈앞에 서 있는 여자들의 특징이 일치했다.

"나는 아르세라. 이 셋을 이끄는 『사천여왕』의 필두란다."

음마의 여왕이 말했다.

"꼬마, 이름은?"

"……시온. 시온, 터레스크다."

"그래, 좋은 이름이구나. 그리고…… 눈빛이 정말 좋아."

아르세라가 유쾌하다는 듯이 웃었다.

검은 천 너머로 살짝 비치는 입술은 일그러진 곡선을 그리고 있었다.

"우리의 마력에 두려워 떨면서도 결코 도망치려 하지는 않고. 호시탐탐── 우리를 죽일 기회를 엿보고 있지."

"……그래. 맞아."

조용히 고개를 끄덕이고. 그리고 등에 멘 칼에 손을 댔다.

국왕 폐하께서 하사한, 『성검 멜토르』에──

"나는──『용사』다. 이 나라 사람들을 지키기 위해서라면 아무리 큰 악과도 싸우고, 그리고 이길 것이다. 마왕이건, 너희『사천여왕』이건…… 인류의 안녕을 위협하는 자들은, 전부 내가 쓰러트리겠어!"

어린 얼굴로, 그러면서도 늠름하게 외치는 시온.

그 눈동자에는 한 점의 얼룩도 없는 정의가 깃들어 있었다.

나쁜 놈들을 전부 쓰러트리면 세상에 평화가 찾아올 거라고, 진심으로 그렇게 믿고 있는, 그런 순진무구한 정의가──

"우후후. 정말 귀여운 꼬마구나."

소년의 순진함을 조롱하는 것처럼, 아르셰라가 말했다.

"너무 긴장하지 않아도 돼. 아까도 말했지만, 지금은 널 상대할 생각이 없으니까."

그렇게 말하고, 아르셰라가 손을 들었다.

공간이 일그러졌다.

네 미녀는 암흑에 삼켜지는 것처럼 사라져갔다.

금발 늑대인간은 싱글싱글 손을 흔들었고, 갈색 다크 엘프는 하품을 참으면서, 동방의 오니는 차가운 시선을 흘끗 보내고, 셋은 어둠 속으로 사라졌다.

그리고, 마지막 하나도——

"큭…… 기, 기다려라!"

"또 보자, 시온."

어둠에 삼켜지면서, 속삭이는 것 같은 목소리로 말했다.

"기대할게. 『용사』의 이름을 이어받은 네가, 앞으로 어떻게 성장해 갈지…… 후후, 우후후."

고혹적인 미소만을 남기고, 시공의 틈새가 사라졌다.

갑자기 나타난 마왕의 측근은 수수께끼 같은 말만을 남기고 홀연히 사라져버렸다.

어린 용사는 그저 허공만을 노려봤다.

이것이—— 첫 해후.

『사천여왕』과의 첫 만남.

이날부터 시온과 사천여왕들은 마왕군과 인류의 싸움이 격화되면서 몇 번이나 전장에서 마주쳤고, 몇 번이고 서로를 죽이려 싸우게 된다.

전장을 넘나드는 사이에 동료도 늘어났고, 시온을 중심으로 하는 『용사 파티』는 엄청난 전과를 세워나갔다.

그런 격전 속에서—— 시온은 성장했다.

겨우 열 살인 소년이, 일 년도 안 되는 싸움 속에서 엄청난 속도로 성장해나갔다.

그리고—— 마침내 찾아온, 최종 결전.

시온의 파티는 마계에 있는 마왕성으로 쳐들어갔고, 마왕과『사천여왕』을 상대로 최후의 싸움을 펼쳤다.

한 사람, 또 한 사람 동료들이 쓰러져가는 상황에, 시온은 혼자서 계속 싸웠고── 그리고 마침내, 엄청난 상대였던『사천여왕』을 전부 격파했다.

하지만 그 직후.

마왕이──『사천여왕』을 처치하려고 했다.

용사에게 패배한 부하를 처형하기 위해── 그리고 그녀들의 힘을 흡수해서 더욱 강해지기 위해.

용서할 수 없었다.

자신의 동료를 간단히 처벌하려고 하는 마왕을, 시온은 용서할 수가 없었다.

그래서── 그녀들을 지켰다.

겨우 몇 분 전까지 서로 죽이려고 싸웠던 적을, 지키고 말았다.

그 순간의 감정은 시온 자신도, 모른다.

마왕에 대한 의분(義憤)── 때문만이 아니다. 거의 반사적으로, 마치 같이 싸워온 동료를 지킨 것처럼 적이었던 그녀들을 지키고 말았다.

그것은 어쩌면 유대, 라고 불러야 할 감정인지도 모른다.

서로를 밑바닥까지 보여주는 것 같은 사투를 거듭하는 과정에서, 시온은『사천여왕』과의 사이에서 서로가 이어지는 것 같은 기분을 느꼈다. 적과 아군이라는 입장을 초월한, 말로는 도저히 설명할 방법이 없는, 영혼이 이어지는 것 같은 그런 감정──

그리고.

유대를 느낀 것은── 시온 혼자만이 아니었다.

그들 넷 또한 같은 감정이 싹트고 있었을 것이다.

그래서 『사천여왕』은 마왕을 배신했다.

마지막 순간에 배신해서 용사 편에 붙었다.

사투 끝에 체력도 마력도 다 소모하고, 죽기 직전까지 몰렸던 시온을 구해준 것은── 다름 아닌 마왕의 측근이었던 그녀들이었다.

그녀들의 힘을 빌려서, 시온은 마왕을 쓰러트리는 데 성공했다.

이것이── 최종결전의 진실.

인간 세상에서는 레비우스 벨터 서게인이 이끄는 용사 파티가 마왕을 쓰러트린 것으로 되어 있지만, 진실은 전혀 다르다.

마왕을 쓰러트린 것은 시온 터레스크와 마왕을 배신한 네 여인이었다.

마왕의 죽음으로부터 2년.

인류를 구한 소년과 그에게 협력했던 『사천여왕』은 현재──

"……응?"

어느 날 아침.

시온은 답답한 기분을 맛보며 눈을 떴다.

'뭐지…… 몸이, 무거…….'

뭔가가 몸을 뒤덮고 있는 것 같다.

천천히 눈을 떴고, 그제야 겨우 『뭔가』의 정체를 알아차렸다.

"……뭐야?! 이, 이브리스?!"

자신을 뒤덮고 있는 것은 갈색 미녀였다.

시온을 섬기는 메이드 중의 한 명, 이브리스.

침대 위에서 소년 위에 올라타고, 긴 팔다리로 붙잡고 있다.

'그, 그렇구나. 어제는, 이브리스가 같이 자기 당번이었나…….'

같이 자기 당번.

어떤 사정 때문에 혼자 자기 힘들어하는 시온은, 매일 밤 메이드 중 한 명과 같이 자고 있다.

소위 말하는 밤일 봉사 같은 게 아니라, 그냥 같은 침대에서 자기만 할뿐.

하지만.

메이드에 따라서는 그 이상의 뭔가를 하는 일도 가끔씩 있다.

그것이 그냥 장난인지, 아니면 진짜 유혹인지…… 어린 시온은 아직 모른다.

'어, 어째서 이브리스가, 날 끌어안고 있는 거지……?'

아르셰라나 페이나라면 이해한다. 그 둘은 걸핏하면 끌어안으니까. 하지만 이브리스는 적극적으로 스킨십을 하는 타입이 아니다.

아무튼 게으르고, 항상 졸려 보이고.

같이 잘 때도 밤에는 혼자 알아서 자고, 아침에는 시온이 깨울 때까지 안 일어나는 게, 평소의 모습인데──

"저, 저기, 이브리스……."

"…………."

"이, 이거 놔…… 무겁다고……."

"…………."

"……이브리스?"

"쿨~ 쿨~."

들려오는 건 기분 좋게 자는 것 같은 숨소리.

'설마, 이 녀석…… 아직도 자고 있는 건가?!'

아무래도 잠결에 끌어안은 것 같다.

눈앞에 있는 건 새근새근 잠든 얼굴. 표정 자체는 온화하지만 잠버릇은 엄청나게 나빠서, 더더욱 꼭 끌어안고 있다.

커다란 가슴이 모양이 변할 정도로 얼굴을 눌러대고, 허벅지는 시온의 다리 사이로 침입해와서——

"~~! 이, 이브리스! 일어나!"

"……응~? 아…… 도련님. 안녕히 주무셨습니까……."

"인사는 됐고! 빨리 일어나! 일어나서 떨어져!"

"음~ 아…… 죄송합니다, 그건 좀 무리네요."

"무리라니, 왜?!"

"그게~ 뭐랄까, 진짜, 완전히 무리라서…… 조금만 더 자게 해주세요. 앞으로 5분이면 되니까……."

"네가 그렇게 말해놓고 5분 만에 일어난 적이 없잖아! 으아…… 그, 그만해! 끌어안지 말라고! 오, 옷 속에 손 집어넣지 말고!"

"아~ 뭐야…… 이 안는 베개, 진짜 기분 좋네~."

아직도 잠이 덜 깼는지, 얼빠진 목소리로 그렇게 말하면서 연체동물처럼 몸을 끌어안았다. 살갗을 만지는 게 기분 좋은지, 옷

속에 손을 집어넣어서 가슴과 등을 쓰다듬어댔다.

손가락이 살갗을 쓰다듬으니까 등줄기가 오싹오싹했다.

"그, 그만해…… 난 베개가 아니…… 아으."

팔다리와 몸통에 감겨오는 여체의 감촉 때문에, 시온이 움직이지 못하고 경직돼버렸다── 그때.

똑똑, 문을 두드리는 소리가 들렸다.

"실례합니다. 시온 님, 아침 식사 준비가 다 됐──."

문을 연 사람은 아르셰라였다.

침대 위에서 뒤엉켜 있는 시온과 이브리스를 보자, 정숙한 미소가 순식간에 얼어붙었다.

"뭐, 뭐 하는 건가요, 이브리스! 세상에…… 시온 님을 끌어안고 맨살을 쓰다듬고 다리로 끌어안다니, 이 무슨 부러── 아니지! 이 무슨 발칙한 짓인가요!"

"……아~ 뭐야, 시끄러…… 졸려 죽겠는데……."

"그렇다면 혼자서 자도록 하세요! 자, 지금 당장 시온 님한테서 떨어져요!"

"아으…… 싫어, 이 베개는 내 거야!"

아르셰라는 당황해서 시온을 떼어내려고 했지만, 잠이 덜 깬 이브리스는 절대로 놓아주지 않았다. 오히려 더욱 세게 끌어안았다.

'으, 으아, 으아아…….'

양쪽에서 잡아당기는데다 온몸에 두 사람의 가슴까지 닿아대자, 시온은 어떻게 해야 좋을지 모를 지경이 됐는데── 거기에, 새로운 위협이 찾아왔다.

"저기저기~ 시 님, 뭐 하는 거야~? 나, 빨리 아침 먹고 싶——."

"네놈들, 나리마님의 방에서 왜 이렇게 시끄럽——."

시끄러운 소리를 들은 페이나와 나기까지 방으로 왔고, 완전히 뒤엉켜 있는 세 사람을 보고 경직돼버렸다.

페이나는 불만스런 표정을 지었고, 나기는 얼굴이 새빨개졌다.

"으~. 뭐야, 뭐야, 나만 빼놓고 무슨 재밌는 놀이를 하는 건데~!"

"네, 네놈들…… 나리마님께, 이 무슨 파렴치한 짓을……!"

뒤늦게 찾아온 두 사람까지 참전해서, 침실에서 큰 소동이 벌어졌다.

"정말이지, 당신들, 빨리 시온 님한테서 떨어지세요!"

"그러는 아르셰라가 제일 먼저 떨어지면 되잖아!"

"……아~ 진짜, 뭐냐고…… 내 베개 가져가지 말라고오……."

"이브리스! 네놈은 언제까지 잠꼬대할 셈이냐!"

시끄럽게 자기주장만 늘어놓으며, 메이드 네 명이 제각기 시온의 팔다리를 끌어안고 몸을 들이댔다.

"……너, 너희들."

메이드들한테 둘러싸여서 꼼짝도 못 하게 된 시온은, 분노와 수치가 한계에 달해서 부들부들 떨기 시작했다.

"나 가지고 놀지 말라고, 했잖아아아아아——!"

영혼의 외침이, 이른 아침의 저택에 울려 퍼졌다.

마왕이 죽은 지 2년.

세상을 위해 싸우고, 그 누구보다 인류를 위해 공헌했던 한 신동은, 그 공적을 전부 빼앗겼다.

　마왕이 건 저주 때문에 미움받고, 멸시받고, 하대당하고, 박해당해서 변경의 숲에서 은둔할 수밖에 없었다.

　그리고.

　마지막 순간에 마왕을 배신하고 용사 편에 붙었던 『사천여왕』들 또한 마계에서의 지위와 있을 곳을 잃었다.

　신동 용사와 『사천여왕』.

　처음에는, 적이었다.

　몇 번이나 서로를 죽이려 했다.

　하지만 마지막에는── 같이 싸웠다.

　말로는 도저히 표현할 수 없는 관계인 그들은, 우여곡절 끝에 지금은 주인과 메이드 관계가 됐다.

　하지만 그것은 결코 일반적인 관계가 아닐 것이다.

　권위도 영토도 없는 주인과, 제대로 된 교육을 받은 것도 아닌 메이드들의, 흉내 놀이 같은 주종관계.

　밀려오는 세상에 내몰려서, 조용히 숨어 있는 것처럼 살고 있는 시온과 메이드들은── 어째선지 아주 행복해 보이는 나날을 보내고 있었다.

Presented by Kota Nozomi / Illustration = Pyon-Kti

Genius
Hero
and
Maid
Sister

제1장　전직 용사는 키가 작다

"어라, 시 님, 웬일이야?

점심 식사를 앞둔 시간—

너무나 맑은 푸른 하늘 아래, 시온은 저택 뒤뜰을 걷다가 빨래 바구니를 끌어안은 페이나와 마주쳤다.

"평소 같으면 이 시간에는 서고나 서재에 틀어박혀 있었는데."

"……틀어박힌다고 하지 마. 그건 일하는 거야."

시온의 일이란 마술 교본 집필이다.

선택받은 자가 오랜 수련 끝에 익히는 특수한 기법『마술』—

그것을 일반적인 범용 기술로서 체계화해서, 세상을 지금보다 풍요롭게 만드는 것이 목표다.

"집필이 일단락됐거든. 기분전환 삼아서 산책하고 있어."

"흐응, 그랬구나."

"페이나는 빨래하려고?"

빨래 바구니를 보면서 말하는 시온.

"응. 오늘은 내가 빨래 당번이거든. 게다가 오늘은 양이 꽤 많아서 말이야~."

메이드들의 가사 활동은 기본적으로 당번제다.

빨래 담당인 자는 의류와 침대 시트를 모아서 저택 뒤쪽으로 간다. 그곳에서 물 속성 마도구를 이용해 더운 물을 만든 다음, 빨랫감을 물에 담근다. 그후, 발로 밟아서 때를 빼내고 정원에 걸어놓은 밧줄에 널어놓기만 하면 끝이다.

"힘들겠네…… 좋았어. 나도 도와줄게."

"뭐? 시 님이?"

"음."

"아, 안 돼, 안 된다고. 마음은 고맙지만, 주인님한테 빨래를 도우라고 할 수는 없지. 아르셰라가 보기라도 하면 뭐라고 할지 모른단 말이야."

"내가 하고 싶어서 그래. 아무 문제도 없잖아."

"어…… 그치마안, 뭐랄까…….

처음에는 사양하는 같은 반응을 보였지만, 페이나는 점점 놀리는 것 같은 표정을 지었다.

"시 님…… 빨래할 줄 알아?"

"뭐?"

"왠지 시 님은, 집안일을 하나도 못 할 것 같아."

"뭐…… 사, 사람을 뭘로 보고! 나도 빨래 정도는 할 줄 알아!"

"뭐~ 정말~? 시 님은 마술이나 전투에 관한 데서는 엄청난 재능을 발휘하지만, 일반 상식은 조~금 부족하지 않아? 생활 능력이 없어 보인다고 할까."

"……있거든. 고아원에 있을 때는 다른 애들 옷까지 전부 빨기도 했어. 마음만 먹으면 나 혼자서 뭐든지 할 수 있다고."

"흐응. 뭐, 말로는 뭘 못 하겠어~."

전혀 못 믿겠다는 것 같은 말투에, 시온은 발끈했다.

"……그렇게까지 말한다면 증거를 보여주지. 이리 줘봐."

"아냐아냐, 역시 됐어. 경애하는 주인님한테 어떻게 시키겠어~. 그리고 말이야, 솔직히 못 하는 사람이 어설프게 도와주면 되레 방해만 되거든."

"큭…… 그럼 전부 내가 해주지! 페이나는 안 도와줘도 돼! 빨래 정도는 나 혼자서 할 수 있어!"

"……진짜야? 정말 할 수 있어? 그만두는 게 좋을 것 같은데?"

"됐으니까 내 놔."

"나중에 못 한다고 해도 난 안 도와줄 거야."

"알았다니까. 내가 책임지고 전부 다 할게."

"예~ 알겠습니다. 그럼 부탁드릴게요~."

발끈한 시온에게, 페이나는 안고 있던 빨래 바구니를 넘겼다.

"흥. 두고 보라고. 이 정도는, 내가 전부 깔끔하게 빨아──!"

의기양양하게 말했지만, 시온은 빨래 바구니 안을 보고서 입이 떡 벌어졌다.

바구니 안에 있는 것은── 속옷, 이었다.

그것도, 여자 속옷.

색색의 브래지어와 팬티가, 잔뜩 들어 있다.

"뭐, 뭐, 뭐야 이건?!"

"뭐긴, 빨랫감이잖아? 우리 메이드들이 입었던 속옷도, 어엿~한 빨랫감이거든, 시 님?"

반사적으로 대량의 속옷에서 눈을 돌리고 얼굴이 새빨개진 시온을 향해 페이나가 싱글싱글, 짓궂게 웃어보였다.

"우, 웃기지 마. 이런 걸, 내가 어떻게 빨──."

"어라라~? 포기한다고, 시 님? 그렇게 잘난 척 말해놓고?"

바구니를 돌려주려고 하자, 페이나가 노골적으로 놀려댔다.

"난 분명히 그만두라고 했는데 말이야. 시 님을 위해서 몇 번이나 말렸는데. 그래도 한다고 해서 믿고 부탁했는데 말이야."

"으……."

"시 님이 그랬잖아. 내가 책임지고 다 한다고. 설마, 설마, 내가 존경하는 위대한 주인님은, 자기가 한 번 선언한 말을 간단히 바꿔버리는 그런 짓은 안 하겠지."

"으……."

정말 즐겁다는 듯이 놀려대는 페이나에게, 시온은 아무 말도 못 했다.

'젠장……! 속았다!'

유난히 도발적인 태도였던 건, 나중에 말을 바꾸지 못하게 하려고 일부러 그랬겠지.

시온은 완전히 그 작전에 넘어간 꼴이 돼버렸다.

하지만 알아차렸다고 해서, 이제 와서 어쩔 수 있는 일이 아니다.

"자, 자, 시 니임. 빨리 빨아줘, 우리 속옷. 우리가 입었던 거라서 때랑 땀이 잔~뜩 묻어 있는 속·옷·을."

"……."

"물론 하나하나 조심해서 손으로 빨아야 해. 속옷은 섬세하니까."

"소, 손으로 빨라고……!"

메이드들이 하루 동안 착용한 것 같은 위아래 속옷을, 자기 손으로 정성 들여 세탁한다. 그 광경을 생각하기만 해도 굴욕과 수치심 때문에 머리가 이상해져 버릴 것만 같았다.

"으, 으으…… 아, 알았다. 하면 되잖아……!"

더 이상 물러날 수 없게 돼버린 시온은 각오와 함께 고개를 끄덕였다.

지금까지 눈을 돌리고 있던 빨랫감 바구니를 봤다.

바구니 안에 있는 여성용 속옷은 종류가 정말 다양했다.

귀여운 장식이 달린 것. 검은색 바탕의 어른스러운 디자인. 기능성을 중시한 것. 왜 거기에 구멍이 있느냐고 한마디 하고 싶은 것——

"으아~ 시 님, 우리 속옷을 진짜 열심히 보고 있네에. 엉큼해~."

"뭐…… 아, 아니야! 열심히 본 거 아니야!"

"후후. 갖고 싶으면 하나쯤 가져도 되거든? 다른 사람들한테는 말 안 할 테니까."

"필요 없어!"

'젠장. 안 되겠다. 이대로 가면 영원히 놀림당할 뿐이야…….'

빨리 해치우자.

마음을 비우고, 후다닥 끝내자.

그것 말고는 지금 이 상황에서 도망칠 방법이 없을 것 같다.

'어쩔 수 없지……!'

각오를 다지고 빨랫감이 들어 있는 바구니를 봤지만, 역시 여성의, 그것도 입었던 속옷을 건드리는 데는 거부감이 들었다.

'어떻게 해야…… ──응?'

거기서 시온은, 대량의 속옷 속에 숨어 있는 어떤 물건을 발견했다.

새하얀 천.

색색의 속옷 속에 섞여서, 평범한 순백색 천이 들어 있었다

'뭐야, 속옷이 아닌 것도 있잖아.'

안도의 한숨을 내쉬고, 시온은 하얀 천을 집었다.

"좋았어. 그럼 먼저 이 시트부터 빨아주겠어."

"시트……? 아니, 그건──."

"──이 창피한 줄도 모르는 것이!"

뻐억, 하고.

묵직한 소리가 울렸다.

뭐가, 라고 말하려던 페이나의 정수리를, 칼자루로 후려치는 소리였다. "흐규" 하고 신기한 비명소리를 내며 웅크리고 앉은 페이나. 그 뒤에는 오니의 모습으로 변한 나기가 서 있었다.

"아야~…… 무, 무슨 짓이야, 나기?"

"뭔가 시끄럽다 싶어서 보러 와봤더니…… 설마, 나리마님이 이런 치욕을 당하고 계셨을 줄이야……!"

눈물을 글썽이며 호소하는 페이나에게, 나기는 엄청나게 화가 난 것 같았다.

검은 머리카락이 흔들릴 정도의 노기를 내뿜으면서, 그러면서도 얼굴은 수치심 때문에 새빨개져 있다.

"우, 우리의 속옷을, 나리마님께 세탁하시게 한다고……?! 대,

대체 무슨 생각이냐, 네놈은! 부끄러운 줄을 알아야지!"

"……우~. 난 딱히 나쁜 짓 안 했거든~. 시 님이 빨겠다고 했거든~."

"흥. 나리마님이 먼저 속옷을 세탁하겠다고 하셨을 리가 있나. 보나마나 네놈이 이상한 말로 꼬드겼겠지?"

"으……."

뭐라고 받아치지도 못하고 삐친 것처럼 얼굴이 퉁퉁 부은 페이나.

나기는 질렸다는 듯이 한숨을 쉬고는 시온 쪽을 보며 말했다.

"괜찮으십니까, 나리마님."

"그, 그래."

"페이나한테는 나중에 제가 엄하게——?!"

말하던 중에, 나기가 깜짝 놀랐다.

시선은 시온이 쥐고 있는 하얀 천 쪽으로 향해 있다.

"나, 나나, 나리마님…… 그, 그, 그것은……?!"

"응? 이 시트가 왜?"

고개를 갸웃거리면서, 들고 있던 하얀 천을 펼쳐 보였다.

"음…… 뭐지 이 시트는? 엄청나게 가늘고 긴데……."

"아아! 아, 안 됩니다…… 그, 그렇게 펴, 펼치지 마십시오."

얼굴이 새빨개져서 격렬하게 당황하는 나기.

시온은 영문을 알 수 없어서 어리둥절해 하고 있는데,

"시 님, 그거, 시트 아니야."

아직도 머리를 쓰다듬고 있는 페이나가 태연하게 말했다.

"시트가 아니라고? 그럼 뭐지, 이 가늘고 긴 천은?"

"훈도시."

단적으로, 페이나가 말했다.

"후, 훈도시……?"

"그래, 훈도시."

"아마…… 동방의 속옷이었지?"

"응, 맞아."

"그렇다면…… 그, 그러니까, 이건──."

"응. 나기가 평소에 차고 있는 훈도시."

간단히 고개를 끄덕이는 페이나.

반사적으로 나기 쪽을 봤더니, 나기는 두 손으로 얼굴을 가리고 창피해하고 있었다.

"으…… 으아아악!"

자기가 쥐고 있던 물건의 정체를 알아차린 시온은, 몸을 뒤로 젖히면서 손을 놓아버렸다.

하얗고 가늘고 긴 천── 훈도시는 빨랫감 바구니 속으로 떨어졌다.

"미, 미안해 나기! 나, 나, 전혀, 모르고……."

"괘, 괜찮습니다! 사과하지 마십시오! 나리마님께 딴생각이 없으셨다는 건 잘 알고 있습니다!"

"하, 하지만…… 여성이 사용했던 속옷을, 손에 쥐고…… 게다가, 그렇게 크게 펼치고……."

"~~?! 구, 굳이 말하지 마십시오!"

나기의 얼굴이 칠이라도 한 것처럼 새빨개졌다.

"하…… 항상 몸은 청결하게 유지하려 하고 있지만……. 아, 아무래도 더러워지는 부분은 있다고 생각합니다. 나리마님께 더러운 것을 만지게 해서…… 저, 정말 죄송할 따름입니다……."

"사, 사과하지 마! 나기! 괘, 괜찮아! 하나도 안 더러웠다고! 아주 청결했던 것 같아. 그리고, 왠지 좋은 냄새가……."

"내, 냄새?!"

"아! 아, 아냐, 그게 아니라! 일부러 냄새를 맡은 게 아냐! 그냥 왠지 냄새가 나서."

"내, 냄새가 났다고요?!"

"아, 진짜! 그러니까, 아냐, 아니라고, 그게 아니라……."

울먹이려는 나기와 엄청나게 당황한 시온.

거기서 페이나가,

"당연히 깨끗하고 좋은 냄새가 나겠지. 지금 막 걷은 거니까."

그렇게 말했다. 시온은 얼빠진 표정으로.

"뭐……? 그거, 지금부터 빨려던 속옷 아니었어?"

"아닌데. 널어놨던 걸 걷어온 거야. 입었던 거라고 한 건…… 뭐, 그냥 거짓말 좀 한 거고. 에헷."

미안한 기색도 없이 짓궂게 웃는 페이나.

"" ………….""

시온과 나기는 아무 말도 없이, 안도와 피로가 섞인 깊은 한숨을 내쉬었다.

점심 식사를 하고, 시온은 다시 저택에 있는 서재로 돌아갔다.

"정말 틈만 나면 서고에 틀어박히시네요, 도련님은."

이브리스가 나른하다는 것처럼 한숨을 쉬면서, 집무 책상의 빈 곳에 들고 온 책을 내려놨다.

걸핏하면 서고에 틀어박히는 시온이지만, 그때마다 이브리스한테 도와달라고 부탁하는 경우가 많다. 왜냐하면 이브리스한테 혼자서 해야 하는 일을 시키면 금세 농땡이를 피우기 때문이다. 감시하는 의미도 담아서 자기 곁에 두려 하고 있다.

"일은 일단락된 게 아니었습니까?"

"집필 일은 일단락됐어. 지금은 취미인 마술 연구를 하고 있어."

"으아…… 나왔다~ 방구석 폐인 같은 발언. 좀 더 재미있는 취미를 찾는 게 어떻습니까?"

"시끄러워. 내버려 둬."

발끈해서 반박했더니 이브리스가 어쩔 수 없다는 듯이 어깨를 으쓱거렸다.

"뭐, 완전히 취미로 하는 것도 아니니까. 마술 연구는 나한테 걸린 저주…… 그걸 풀 방법을 찾기 위한 일이기도 하니까."

그렇게 말하고, 시온은 오른손을 들었다.

검은 장갑 속에는 흉악한 저주의 각인이 새겨져 있다.

2년 전—— 그 손으로 마왕을 죽였을 때, 시온은 저주에 걸렸다.

흡정(吸精).

에너지 드레인.

시온은 존재하기만 해도 주위에 있는 생명들을 빨아들인다.

원래는 마왕을 쓰러트린 영웅으로서 대륙 전체에 영원히 그 이름이 남아야 했을 시온은, 이 저주 때문에 은둔해서 살아갈 수밖에 없었다.

자신의 의지와 봉인 술식 덕분에 어느 정도 감쇄시키기는 했지만, 완전히 없애버리는 것은 불가능했다.

지금 이러고 있는 동안에도 저주는 기초대사와 마찬가지로 발동하고 있다.

권속 계약을 맺은 메이드들에게는 듣지 않지만, 만약 그들을 제외한 다른 생명이 이 자리에 존재한다면 시온의 의지와 상관없이 그 생명을 빨아들이게 된다.

"저주…… 그런데 도련님, 그건……."

"그래, 맞아. 2년 동안 여러모로 연구를 해봤지만…… 말 그대로 전혀 진전이 없어. 저주를 풀 단서는 고사하고 아직까지 그 정체도 모르겠어."

항시, 그리고 지속적으로 타인의 생명을 빨아들이는 저주.

마술 분야에서도 천재적인 재능을 발휘하고 왕립 도서관의 장서들을 대부분 독파한 시온조차도 그런 저주의 존재는 몰랐다.

"이 장갑도, 거의 마음의 위안 삼아서 끼고 있는 거니까."

오른손을 보는 눈에는 비통한 기색이 배어 있었다.

항상 착용하고 있는 검은 장갑은 시온이 직접 개발한 봉인 도구다. 멀리서 보면 알아보기 힘들지만, 검은 천에 검은 실로 복잡한 마법진을 수놓았다.

저주의 전모를 파악하지 못한 채로 만든 봉인 술식이다 보니 효과는 약해, 겨우 없는 것보다는 나은, 그런 상태다.

"도련님도 이해할 수 없다면, 한마디로 인류 전체가 이해할 수 없다는 뜻 아닙니까."

"내가 그렇게까지 대단하다는 생각은 안 하지만…… 뭐, 그렇겠지. 적어도 어지간한 마술사들이 감당할 수 있는 게 아니야──아니, 어쩌면 마술의 영역에서 벗어난 것, 이라고 해야 하나."

시온은 책상에서 종이를 꺼내서는 펜을 놀렸다.

종이에 그린 것은 오른손에 새겨진 저주의 각인.

발톱이나 이빨을 연상시키는, 흉악한 문장.

"마술의 기본은『원』이야. 마력이라는 불안정한 에너지에『식』으로 명령을 내리고,『원』으로 둘러싸서 가두지. 그렇게 공간을 한정해서『마법진』이 완성되고,『마술』로서 이 세상에 나타나게 돼. 이게 모든 마술의 기초야."

"아~ 뭔가 그럴듯하네요. 뭔지는 잘 모르겠지만."

"너희 마족은 본능만 가지고 마술을 다룰 수 있으니까. 하지만 인간은 원리를 처음부터 이해해야 마술을 쓸 수 있어."

마술이란 원래 마족의 것이라고 전해진다.

그 원리를 규명하고 체계화한 것이 인간 마술사들. 그들은 마족이 본능적으로 다루는 마술을 지식과 이성을 통해서 배우고, 일종의 기술로서 발전시켜왔다.

"『마』의 힘에『법』을 부여하는『진』── 마법진은 온갖 마술의 근간이야. 마술은 마법진에 의해 발동되고, 그리고 마법진은 반드시『원』으로 마무리를 지어.『원』에 의한 격절과 순환이 없는 마술은 있을 수 없고."

『원』에 의해 세상에서 격리된 한정 공간을 만들어내고, 그 내부에 명령식을 부여해서 에너지를 순환, 증폭시킨다.

그 일련의 절차에 의해 마술이 성립된다.

"말하자면 마술이란 신이 만들어낸 기존 세상에 대한 반역——『원』에 의해 한정된 공간과 시간 안에서만 신의 지배로부터 도망쳐서 자유를 얻어내는 방법이지."

신이 만든 질서를 일시적으로, 혼돈으로 되돌린다.

한정된 시간과 공간 속에서만, 표면적으로는 신의 지배에 따르는 척 하면서 뒤에서는 혀를 내밀고 조롱한다.

그것이, 마술이라 불리는 것——

"그래서—— 말도 안 되는 거야. 원으로 가두지 않은 각인이 어떠한 효과를 지닌다는 게."

동서고금, 마술에서 사용하는 마법진이나 각인은 반드시 원으로 마무리한다. 마술 분야에서 원이라는 도형은 상당히 중요한 의미를 지닌다.

하지만.

오른손 손등에 새겨진 저주의 각인에는 어디에도 원이 존재하지 않는다.

예리한 발톱이나 이빨로 거칠게 할퀸 것 같은, 흉악하고 아파 보이는 각인.

일시적으로 신의 지배에서 벗어나는 것이 아니라, 마치 신의 지배를 근본부터 전부 파괴해버리려는 것 같은.

혀를 내밀며 조롱하는 게 아니라, 이를 드러내고 잡아먹으려고 하는 것 같은——

"한마디로…… 의미 불명, 이라는 뜻인가요."

결론을 맺으려는 것처럼 말한 이브리스에게, 시온은 씁쓸한 표정으로 고개를 끄덕였다.

"포기한 건 아니지만…… 열심히 한다고 해서 어떻게 할 수 있는 게 아니겠지. 그래서 지금은 마음이 이끄는 대로, 닥치는 대로 온갖 문헌과 역사를 조사하고 있어. 어디까지나 취미로서."

"취미, 인가요. 뭐, 그렇게 속 편하게 생각하는 쪽이, 갑자기 뭔가 좋은 생각이 날지도 모르겠네요."

"그런 거지.'

죽을 기세로 연구를 계속하다 보면 자기도 모르는 사이에 시야가 좁아질 우려가 있다. 기존 마술체계에서는 해명할 수 없는 저주의 각인—— 그것을 해명하려면 고정관념에 사로잡히지 않는 새로운 발상이 필요할 것 같았다.

"뭔가 새로운 착안점이 나오지 않을까 싶어서, 봉인술이나 저주 해주 방법에만 고집하지 않고 여러모로 조사하고 있는데…… 마음대로 안 되네."

"새로운 착안점…… 그럼 도련님. 나기한테도 좀 얘기를 들어 보면 되지 않겠습까?"

"나기한테?"

"그 녀석, 동방 출신이잖아요? 그쪽에서 쓰는 기술은 마술과 비슷하면서도 다르다고, 그런 얘기를 하지 않았던가?"

"…………"

별생각 없이 말한 제안에, 시온은 눈이 휘둥그레졌다.

"저, 정말 놀랐어. 이브리스…… 설마 네 입에서 생산성 있는 아이디어가 나올 줄이야."

"어라……? 지금, 절 바보 취급하신 겁까?"

약간 의외라는 분위기의 이브리스를 무시하고, 시온은 생각에 잠겼다.

"분명히, 그건 맹점이었는지도 모르겠는데…… 그래, 동방의 술법 말이지."

완전히 흥분한 시온은 서둘러서 나기를 찾았다.

저택 안을 돌아다니다가, 복도에 서 있는 아르셰라를 발견했다. 메이드장인 아르셰라는 항상 다른 메이드들의 업무를 파악하고 있다.

"아르셰라, 마침 잘 됐다. 나기를 찾고 있는데──."

중간에, 말이 멈췄다.

창가에 서 있는 아르셰라가── 굳은 표정을 짓고 있었기에.

한 손으로 미간을 누르면서 아픔을 참는 것 같은 표정이다.

"……예? 아, 시온 님……."

시온을 알아보고는 급하게 자세를 바로잡았다.

"죄송합니다. 잠깐 멍하니 있다보니."

"괜찮아, 아르세라?"

"문제없습니다. 그런데, 무슨 일이신지요?"

"아…… 음. 실은 나기를 찾고 있는데."

동방의 술법에 대한 이야기를 듣고 싶다고, 간단히 설명했다.

"그렇군요. 그런 일이셨습니까. 나기라면, 오늘은 사냥하러 나갔습니다. 항상 가던 호수에 있을 것입니다."

"그렇구나. 고마워, 아르세라."

시온은 고맙다는 말을 하고 걸음을 옮겼지만, 중간에 뒤를 돌아보며,

"몸이 안 좋으면, 정말로 무리하지 않아도 되니까."

확인하는 것처럼 말했다.

"……배려해주셔서, 감사합니다."

아르세라는 기뻐하는 미소를 짓고는 공손하게 고개를 숙였다.

식탁에 올라오는 고기와 생선들은 기본적으로 시내에 있는 시장에서 사 오는 것들이지만, 가끔씩 메이드들이 직접 사냥한 고기가 올라올 때도 있다.

저택 주위에 있는 숲은 산기슭에 있는 거대한 삼림이다.

조금만 걸어가면 야생동물들이 서식하고, 물고기를 잡을 수 있는 강과 호수도 있다.

다만 야생동물들이 저택에 다가오는 일은 없다. 본능적으로 에너지 드레인을 느끼기 때문이겠지.

그래서 당연히, 저택에서는 쥐가 나온 적도 없다.

다행인지 불행인지 판단하기 힘든 일이지만.

"후후……. 이쯤이던가?"

나무들 사이를 빠져나가자 탁 트인 장소가 나왔다.

작은 호수다.

산에서 흘러나오는 하천 중간에 물이 고여 있는 곳인데, 호수라고 부르기에는 조금 작을지도 모르겠다. 하지만 연못이라고 부르기는 조금 크고, 늪이라고 표현하기에는 맑은 물이 흐르고 있다.

'나기는 항상 여기서 물고기를 잡는 것 같은데…….'

걸어가면서 주위를 둘러봤다.

그러다가 호숫가에서 어떤 것을 발견했다.

'나기의 칼인가…….'

물가에 놓여 있는 것은 나기가 항상 몸에서 떼어놓지 않는 칼이었다.

대륙의 것과는 만듦새가 근본적으로 다른, 동방에서 온 큰 칼.

칼집에 넣은 채, 바위에 기대서 세워 놨다.

그리고 칼 바로 옆에 있는 것을 보고── 시온은 눈이 휘둥그레졌다.

"이, 이건……."

바위 위에 있는 것은── 나기의 의복이었다.

깔끔하게 개켜서 올려놨다.

동방의 독자적인 의상으로, 기모노라고 부른다는 것 같다. 나기는 항상 조국의 옷과 메이드복을 조합해서 착용하고 있다.

호숫가에 놓여 있는 옷과 애도.

시온이 그 이유를 파악했을 때는── 이미 늦었다.

쏴아, 하고.

물보라를 일으키면서, 물 위로 떠 오른 여자가 한 사람.

나기, 였다.

길고 매끄러운 검은 머리카락은 하나로 묶었다. 손에는 나무로
만든 작살. 숲에 떨어져 있는 나무를 이용해서 직접 만들었겠지.
끝에는 물고기 몇 마리가 꽂혀, 파닥파닥 날뛰고 있었다.

"──!"

시온은 깜짝 놀랐다.

그러면 안 된다는 걸 알면서도, 눈길을 사로잡힌 것처럼 보고
말았다.

나기는── 거의 알몸이었다.

가슴과 사타구니는 하얀 천으로 가렸을 뿐.

평소에는 옷 때문에 가려져 있지만, 이렇게 드러난 몸의 라인
은 너무나도 아름답고 관능적이었다. 팔다리는 길고 날씬하고,
허리는 잘록한데, 그렇다고 너무 말랐다는 느낌은 아니다. 잘 벼
린 칼날처럼 아름다우면서도 힘찬 느낌을 주는 육체였다.

'저, 저게── 훈도시, 인가…….'

오늘 아침, 페이나한테 속아서 손에 쥐었던 하얀 손을 떠올렸
더니 얼굴이 뜨거워졌다.

가슴을 짓누르는 것처럼 감은 『사라시』와 사타구니를 가리는 『훈

도시』.

동방의 속옷, 인 것 같다.

지식으로는 알고 있었고, 각각 하나씩은 본 적이 있지만, 여성이 착용한 상태를 보는 건 처음이었다.

'거, 거의 다 보이잖아……!'

대륙의 팬티나 브래지어와 비교하면 너무나 불안하다.

특히 심한 건 둔부다.

하얀 천이 엉덩이 골로 파고들어서, 하나도 가려주질 않는다.

예쁜 모양의 엉덩이가, 완전히 드러나——

"……나리마님?"

나기는 시온이 있다는 걸 알아차리고는, 물을 떨어트리면서 걸어왔다.

거의 알몸인 차림새로, 태연하게.

"어쩐 일이십니까? 어째서 이런 곳에?"

"……아, 아니, 그게…….."

"흐음? 얼굴이 상기되신 것 같습니다만."

"……그러니까…… 후, 훈도시…….."

"훈도시…… ——히야악?!"

어리둥절해 하던 나기가, 겨우 자기 차림새를 알아차린 것 같다. 귀여운 비명을 지르면서 손에 들고 있던 작살을 내던지고, 황급히 사타구니와 가슴을 가렸다. 하지만 거의 다 드러난 엉덩이까지 가리기에는 손이 모자라서, 한 손이 앞뒤로 오가면서 허둥대기 시작했다.

"죄송합니다! 나, 나리마님 앞에서, 이런 상스러운 꼴을……!"

"괘, 괜찮아! 나, 나야말로…… 미안해."

시온은 당황해서 몸을 돌렸다. 많이 늦은 것 같기도 하지만.

"바로 옷을 입겠습니다."

"으, 음……."

뒤에서 옷을 갈아입기 시작했는지, 천이 쓸리는 소리가 난다. 만에 하나라도 보는 일이 없도록, 시온은 눈을 꼭 감았다.

"나기…… 정말 미안해. 이, 일부러 그런 건 아니야……."

"아닙니다! 사과하지 마십시오! 나리마님은 아무 잘못도 없습니다. 제가 잘못했습니다. 아무도 없는 줄 알고 방심해서, 그만, 이런 꼴로 물고기를 잡았으니……."

아무래도 나기는 항상 여기서, 항상 저 차림새로 물고기를 잡고 있었던 것 같다.

"대, 대단하구나. 훈도시라는 건……."

"예……."

천 한 장으로 급소를 멋지게 가리는 의류—— 시온이 그 문화에 감탄해서 중얼거리자, 나기가 경악과 수치가 담긴 목소리로 말했다.

"나, 나리마님은…… 이런 차림새를 좋아하십니까……?"

"뭐……?"

"아직 젊으신데, 꽤나 특수한…… 아니, 결코 놀리는 것이 아니라, 오히려 기뻐하신다면, 그러니까…… 영광이라고 하겠습니다만……."

"아, 아냐, 아니라고! 내 취향 얘기가 아냐! 그냥, 훈도시라는 속옷의 기능성에 감탄했을 뿐이야!"

당황해서 부정하는 시온.

이국의 문화에 대한 지적 호기심에 의해 관심을 가졌을 뿐이지, 결코 성적 흥분 때문이 아니다. 결코.

"동방의 술법, 말씀이십니까……."

나기가 옷을 입은 뒤에, 시온이 물었다.

대륙의 마술과 다른 동방의 술법에 대해.

"그래. 동방 제국가는 오랫동안『쇄국』이라는 법령에 따라서 다른 문화와의 교류를 끊었잖아? 그래서 대륙과 전혀 다른 독자적인 문화와 기술이 발달했고. 거기서 뭔가 새로운 것을 발견할 수 있지 않을까 싶어서."

"그렇군요. 무슨 말씀이신지는 알겠습니다. 허나…… 아쉽게도 나리마님의 기대에는 응하지 못할 것 같습니다."

나기가 미안하다는 것처럼 말했다.

"동방의 독자적인 마술── 저희나라에서는 주술이나 음양술이라고 부릅니다만, 기본적으로는 대륙의 흐름을 이어받은 것입니다. 먼 옛날,『쇄국』이전에 대륙에서 전해진 것을 독자적으로 발전시켰다고 들었습니다. 여러모로 다른 점도 있지만, 본질적으로는 같은 것입니다."

"흐음. 그런가."

"제가 사용하는 술식도, 근본적인 사고방식은 대륙 마술과 다를 것이 없습니다. 『원』의 중요성 또한 마찬가지입니다."

"하지만 나기는 부적을 쓰잖아?. 그건 대륙의 마법진과 전혀 다른 체계 같은데?"

"아닙니다, 기본적으로는 같습니다. 부적의 경우에는, 부적의 네모진 『테두리』가 마법진에서 말하는 『원』과 같은 역할을 합니다. 둘러싸서 세계를 한정한다는 의미에서는 마술과 같습니다."

"그렇구나…… 잘라낸 종이의 모양 자체에 역할이 있다는 건가. 『원』과 『직사각형』이라는 차이는 있어도, 하는 일은 똑같다고……."

납득하는 시온에게, 나기가 계속해서 말했다.

"제가 보기에도, 나리마님의 오른손에 새겨진 저주의 각인은 완전히 미지의 존재입니다. 도움이 되지 못해서 죄송합니다."

"아냐, 사과하지 않아도 돼. 귀중한 얘기였어. 동방의 술법도 잘 배우면 재미있을 것 같네. 다음에 또 천천히 가르쳐줘."

"그건 상관없습니다만…… 아쉽게도 제가 가르쳐드릴 수 있는 것은 얼마 안 됩니다. 제가 다룰 수 있는 주술은 그야말로 기초적인 것들 뿐이기에."

겸손하게 한 말을 듣고, 시온은 예전에 있었던 일을 떠올렸다.

2년 전——

『사천여왕』 중에 하나, 『오니』와의 격전을.

흉악하고 사나운 귀기를 그 몸에 두르고, 매끈한 검은 머리카락을 흩날리면서, 한 손에 칼을 들고 전장을 질주하던 아름다운

한 마리 귀신――

"……그랬었지. 나기의 제일 큰 무기는 잔재주를 부리는 술법이 아니었어."

허리에 찬 칼을 보며, 시온이 말했다.

"……어릴 적부터, 부모에게서도 일족에게서도, 검만을 배웠기에."

과거를 그리워하는 것처럼, 그러면서도 어딘가 자조하는 것처럼 말하고, 나기는 검대에 찼던 칼을 풀어서 무릎 위에 올려놨다.

"그 칼은 아마, 나기 아버님의……."

"예. 돌아가신 아버지의 유품입니다. 이름은『아마츠키(天月鬼)』. 아버지가 돌아가신 뒤에 남은 뿔을, 제가 칼로 벼렸습니다."

동방의 오니는 죽은 뒤에 뿔을 남긴다.

오니 일족에서는 죽은 동료의 뿔을 새로운 무구로 벼리는 것이 최대의 공양이라고 여긴다는 것 같다.

"전에, 조금 말씀 드렸던가요? 저희 일족은 동방 제국가의 지배자가 되고자 쿠데타를 일으켰습니다."

동방 제국가의 정점에 군림했던 오니의 일족.

오니들 중에도 여러 부족이 존재하고, 영토와 권위를 둘러싸고 종종 싸움이 벌어졌다는 것 같다.

"오랫동안 정점에 군림해왔던 것이『오우가』일족. 저희『아마쿠사』일족은『오우가』를 쓰러트리고 새로운 지배자가 되고자 반기를 들었습니다. 허나…… 그 결과는 참패. 두령이었던 아버지께서 돌아가자, 일족은 패주. 대부분이 잡혀서 죽었습니다만, 저는 간신히 목숨을 건져서 대륙으로 도망칠 수 있었습니다."

쿠데타가 실패한 뒤에, 나기는 아버지의 유품만을 가지고 대륙으로 도망쳤다.

그 뒤에 흘러, 흘러── 마계로 가게 됐다.

"……일족의 긍지를 건 싸움에서 패하고, 아버지도 동료도 잃은 제게는, 더 이상 남은 것이 없었습니다. 그런 제 힘을 필요로한 것이…… 마왕님이었습니다. 그분은…… 죽을 곳조차 잃은 제게 새로운 전장을 줬습니다. 『어차피 죽을 거라면 날 위해서 죽어라』라고 말씀해주셨죠……."

어딘가 그리워하는 것 같은 얼굴로, 옛 주인의 이야기를 하는 나기.

시온이 아무 말도 못 하고 있었더니,

"아…… 죄, 죄송합니다! 옛 주인을 언급하다니, 충신으로서 불경의 극치입니다!"

당황해서 그렇게 외쳤다.

"안심해 주십시오! 지금은 오로지 나리마님만을 섬길 따름입니다! 마왕 따위는, 죽어 마땅한 극악무도한 자입니다!"

"아니…… 굳이 그렇게까지 나쁘게 말하지 않아도 돼."

시온은 그렇게 말하고, 조용히 숨을 내쉬었다.

머릿속에는 자신이 쓰러트린 마왕의 모습을 떠올리고 있었다.

"분명히 마왕은 내 적이었어. 나한테, 그리고 인류에게, 증오해 마땅한 적이고 쓰러트려야만 하는 상대였지. 하지만── 그건 어디까지나 내 생각이고 인류의 생각이야. 나한테 내 나름의 정의가 있었던 것처럼, 마왕한테도 마왕 나름의 정의가 있었겠지."

용사가 정의고 마왕의 악.

그런 단순한 도식을 그릴 수 있다면 얼마나 행복했을까.

이 세상의 모든 싸움이 그런 것처럼, 용사와 마왕의 싸움 또한 정의와 정의의 싸움이었다는 생각이 든다.

어느 쪽이 나쁘다는 문제가 아니다.

그저, 서로의 입장이 달랐을 뿐이다──

'뭐…… 이렇게 객관적으로 생각할 수 있는 것도, 지금이니까 가능한 일일지도 모르겠네.'

저주에 걸리고, 점점 인류의 틀에서 벗어나고 있는 지금이기에── 인류도 마족도 아닌 어중간한 존재가 되었기에, 깨달음을 얻은 사람 같은 말을 할 수 있는 건지도 모른다.

2년 전에는── 아직 용사였던 시절에는.

훨씬 맹목적으로, 자신의 정의를 믿었던 것도 같다.

자신의 정의를 증명하기 위해, 일방적으로, 상대를 악이라고 단정하며 계속 싸웠다. 상대를 악이라고 간주하는 것이, 싸우기 위해서 필요했다──

"……아무튼, 마왕이 너희『사천여왕』이 섬겼던 주인이라는 점에는 변함이 없으니까. 괜히 내 눈치 보느라 일부러 나쁘게 말할 필요는 없어."

"……역시 나리마님이십니다. 도량이 넓으시군요."

칭찬하는 문구를 잔뜩 늘어놓고, 나기가 고개를 들었다.

하늘을 올려다보며, 조금 눈부시다는 것처럼 눈을 가늘게 떴다.

"사실 저는…… 마왕에게 심취했던 것은 아니었습니다. 마왕의 목적에도 행동에도, 찬동할 수 없는 것이 많았지요. 그래도 따르겠다고 생각했던 것은…… 그저, 기댈 곳이 필요했기 때문입니다."

"기댈 곳, 말이지."

"……마왕과 만날 때까지는 고독하고, 텅 비었기에. 힘은 있어도 그것을 쓸 곳이 없고, 그저 허공에 둥둥 떠다닐 뿐……. 가고 싶은 곳도 지켜야 할 것도 없는, 허무한 존재였습니다. 아마도, 다른 셋도."

"……."

눈동자에 비통한 기색을 담고서 말하는 나기.

그 얼굴을 봤을 뿐인데, 시온의 마음까지 아파왔다.

아주 조금 들은, 네 명의 과거.

전설급 고위 마족인 넷은 그 강대한 힘에 비례하는 것처럼, 또는 반비례하는 것처럼 가슴 아픈 출신과 과거를 지녔다.

'……쿠데타에 실패하고 조국에서 쫓겨난 나기. 이브리스의 고향은 이미 멸망했고. 페이나는 태어나면서부터 천애고아. 아르세라는──.'

지배자에게 반기를 들었다가 패한『오니』. 일족 절멸이라는 엄청난 일을 당하고, 친구도 동료도 전부 잃었다.

북방의 엘프 마을에서『저주받은 아이』로서 태어난『다크 엘프』. 그녀의 고향인 깊은 숲은 눈보라가 그칠 날이 없는 영구동토로 변해버렸다.

작렬하는 사막에서 666마리의 마랑(魔狼)들이 서로 잡아먹기를 거듭한 끝에, 마지막으로 남은 한 마리인『마나가름』. 마랑의 혈육과 힘은 싸움 끝에 더욱 깊이 뒤섞여서, 마지막으로 남은 개체에 깃든 의지와 자아가 어느 개체의 것인지는 그녀 자신도 모른다.

음마(서큐버스)의 여왕『바빌론』. 음마의 여왕이 되기 위해 태어난 그녀는, 마왕만 나타나지 않았다면 마계의 지배자로 군림했을 것이라고 일컬어진다──

"저희는 기댈 곳으로서, 마왕이라는 큰 나무를 원했습니다. 지배자 밑에서 명령에 따르면, 어째선지 살아 있는 의미를 느낄 수 있을 것만 같은 생각이 들었습니다."

하지만, 이라고. 나기가 말했다.

"마왕은…… 점점 변해갔습니다. 처음에는 인간 사회의 통솔과 지배가 목적이었는데, 어느샌가 모든 인류를 멸하고 마족만의 세계를 만들려 하기 시작했지요……. 마왕군 휘하에 있는 자들에 대해서도, 자신의 뜻에 맞지 않는 자는 용서 없이 처벌하게 됐습니다."

엄격하면서도 마족을 위해 싸웠던 마왕이, 어느샌가 방약무인한 폭군으로 변하고 말았다.

전란이 격화되면 격화될수록 마왕은 인간 쪽의 교섭에 전혀 귀를 기울이지 않고, 무의미한 학살과 부조리한 살육을 거듭하게 됐다.

그래서 시온도── 목숨을 빼앗는 데 주저하지 않았다.

"아니."

거기서 나기가 살짝 고개를 저었다.

"변한 것은, 마왕이 아니라…… 어쩌면 저희들이었는지도 모릅니다."

그렇게 말하고, 상냥한 눈으로 시온을 봤다.

"나리마님…… 적대하던 당신과 몇 번이나 싸우는 중에, 저희는 변하고 말았습니다. 작지만 늠름하고 씩씩하게 살아가는 용사의 모습이, 텅 비었던 저희의 마음속에, 새로운 무언가가 싹트게 했습니다."

"……작다는 건 또 뭔데."

"앗! 죄, 죄송합니다."

시온이 부끄러운 기분을 숨기려고 일부러 그렇게 말했더니, 진지하게 받아들인 나기가 황급히 사죄했다.

시온은 한숨을 쉬었다.

"정말, 여러 일들이 있었네."

"저…… 죄, 죄송합니다. 제 얘기를 잔뜩 늘어놔서."

"아냐, 신경 쓰지 마. 가끔씩은 이런 것도 좋네."

그렇게 말하고, 시온은 고개를 들고는 온화한 미소를 지으며 말했다.

"뭐랄까……. 나기랑 얘기하고 있으면 마음이 풀어진다고 할까 진정된다고 할까. 정말 편한 기분이 들어."

"……예? 그, 그게, 무슨 말씀이신지……."

동요하면서, 뭔가를 기대하는 눈빛으로 묻는 나기.

"음~ 뭐라고 해야 하나. 목소리나 행동이 조용해서, 나도 편해진다고 할까……."

살갗 노출도 적고, 라는 말은 도무지 할 수가 없었다.

쓸데없이 스킨십이나 노출이 격한 다른 세 명과 달라서, 나기는 옷을 제대로 입고 일정한 거리를 유지하면서 대해준다.

사춘기 소년의 마음을 쓸데없이 자극하는 일도 없는, 어떤 의미에서는 안심할 수 있는 누나였다. 굳이 표현하자면──

"마치, 고아원에 있던 할머니 선생님하고 얘기하는 것 같아."

"할머······?!"

나기는 충격을 받고, 한없이 풀이 죽었다.

여자 마음을 모르는 시온조차도 바로 알 수 있을 정도였다.

지금 그건 실수였다고.

"미, 미안해, 나기. 그게 아니라. 그러니까······."

"괘, 괜찮습니다. 칭찬하시는 말씀으로 받아들이겠습니다······."

나기는 자기 힘으로 일어났다.

"저 같은 것과 말을 나누면서 나리마님의 마음이 조금이라도 편안해지신다면, 이보다 기쁜 일은 없습니다."

나기는 하지만, 이라고 운을 띄우고.

"조금 복잡한 기분이기도 합니다."

"응?"

"나리마님은······ 저, 저를, 여자라고 생각하지 않으십니까?"

긴장해서 떨리는 목소리로 말하며, 몸을 쑥 들이밀었다.

단번에 얼굴이 가까이 다가오자, 시온의 가슴이 크게 뛰었다.

"분명히 저는······ 다른 셋과 비교하면 못난 데다 적극성도 부족하고, 몸의 기복도 빈약합니다만······."

"그, 그런 건 아니고. 못났다고 생각해본 적은 없고, 몸도……
아니, 그게, 그러니까……."

조금 전에 보고 말았던 훈도시 차림이 머릿속에 다시 떠오르면
서 얼굴이 뜨거워진다. 예쁜 엉덩이와 천에 눌렸으면서도 확실한
존재감을 자랑하던 가슴. 다른 셋보다는 작을지도 모르지만, 그
래도 충분하고 남는 크기라고 생각된다.

부끄러워서 아무 말도 못 하는 시온을 보고 나기도 얼굴이 빨
개졌지만, 그러면서도 다시 거리를 좁혀왔다.

『할머니』라는 말을 들은 게 큰 충격이었던 걸까.

유난히 적극적인 태도다──

"나, 나기……."

"나리마님. 저도, 한 사람의 여자입니다."

요염한 입술이, 뜨거운 열기가 담긴 말을 자아냈다. 꼬리가 긴
눈에도 평소처럼 늠름하고 날카로운 기색이 아니라, 녹아버린 것
처럼 촉촉했다.

영문을 알 수가 없어서 경직돼버리는 시온의 어깨를, 나기가
세게 움켜쥐고──

"──꽤 재미있어 보이는데."

순간.

어디선가 그런 목소리가 들려왔다.

온화한 것 같으면서도, 지온 밑바닥에서 울리는 것처럼 기분
나쁜 한기가 서려 있는 그 목소리에, 나기가 비명을 지르면서 펄
쩍 뒤로 물러났다.

"히야악!"

"우후후. 방해해서 미안해, 나기."

"아, 아르셰라."

"올 때가 지나도 안 와서 보러 왔더니, 설마 이런 일이 벌어지고 있었을 줄이야."

이쪽을 향해서 걸어오는 아르셰라는 평소와 변함없는 미소를 짓고 있지만, 어째선지 엄청난 위압감이 느껴졌다.

"정말 놀랐네. 평소에는 그렇게 우리들한테 『여자라면 좀 더 조신해야 한다』느니 『여자가 먼저 남자에게 다가가다니, 부끄러운 줄을 알아야지』라고 잘난 척 잔소리하던 네가, 설마 이렇게 시온 님을 유혹할 줄이야."

"아, 아니다, 유혹 따윈 하지 않았다! 지금⋯⋯ 지금 그건, 그러니까⋯⋯ 으, 아으⋯⋯ 아니, 아니다⋯⋯."

아무 말도 못 하고, 완전히 움츠러들어서 작은 소리로 중얼거리는 나기.

'사, 살았다고⋯⋯ 해야 하나?'

상황을 제대로 파악하지는 못하겠지만, 일단은 안도하는 시온.

아르셰라는 혼자서 생각에 잠긴 표정이다.

"⋯⋯설마 제일 얌전하다고 생각했던 나기까지 이렇게 적극적으로 나오다니. 이렇게 됐으니, 나도 지금까지보다 더 진심으로──."

"⋯⋯아르셰라?"

"예? 아, 아니요, 아무것도 아닙니다만, 시온 님?"

당황해서 허둥대면서 손을 흔들어대는 아르셰라.

'……역시, 살았다고 할 수 없는 건가.'

틈만 나면 다가오는 누나들 때문에 등줄기가 오싹해지는 시온이었지만——

"……아니야, 아니야, 아니야, 아니라고, 나, 나는, 그런 파렴치한 여자가 아니란 말이다, 으아아아아아아앙!"

감정이 폭발한 것처럼 소리치며, 나기가 달려가 버리고 말았다.

숲 안쪽으로 뛰어가려고 했는데, 그러다가 아르셰라한테 부딪치고 말았다.

균형을 잃은 시온이 앞으로 쓰러졌고——

물컹, 하고.

풍성한 가슴 속으로, 힘껏 뛰어들고 말았다.

"앙."

"으아…… 미, 미안해 아르셰라! 이, 일부러 그런 게 아니고."

"우후후. 괜찮습니다 시온 님, 그렇게 당황하지 않으셔도 돼요. 사고라는 건 저도 잘 알고 있으니까요."

"그…… 그렇다면 됐고…… 그런데."

"뭔가요?"

"어, 어째서…… 날 끌어안고 있는 거지?"

넘어지려는 시온을 아르셰라가 두 팔을 벌려서 받아줬고, 꼭 안아줬다. 더 정확히 말하자면…… 아르셰라 쪽에서 적극적으로 끌어안으러 다가온 것 같은 기분까지 들었다.

"시온 님이 다치기라도 하시면 큰일이니까요. 이 몸을 던져서 받아냈을 뿐입니다."

"그런가……. 그렇다면, 이제 됐으니까, 놔줘도 돼."

"아닙니다. 어쩌면 뇌진탕이 일어났을지도 모릅니다. 잠시 이 대로 지켜보는 게 좋을 것 같네요."

"무, 무슨 소리…… 어, 푸…….'

손을 머리 뒤에 대고, 풍만한 가슴 사이에 얼굴을 끼우는 것처럼 안아버렸다.

'으…… 뭐, 뭐냐고.'

부드러운 가슴의 감촉과 달콤한 향기가 시온을 감쌌다.

'젠장…… 또, 날, 가지고 놀고 있어……!'

굴욕적인 꼴을 당했으면서도 왠지 나쁘지 않은 기분이 들기도 해서, 그게 시온을 더욱 굴욕적으로 만들었다.

"아, 아르셰라…… 적당히 하라고."

필사적으로 항의했지만── 아르셰라는 반응이 없었다.

이상한 기분이 들어서 가슴골 계곡에 묻혀 있는 머리를 간신히 들고 위쪽을 봤더니, 아르셰라의 얼굴은 조금 전까지의 장난기 섞인 미소가 사라지고, 뭔가를 생각하는 표정이었다.

"아르셰라……? 억. 으, 으음……."

물컹.

또다시, 시온의 얼굴이 가슴골로 빨려 들어갔다.

그리고 바로 해방하더니, 또 가슴 사이에 집어넣었다.

물컹. 물컹. 물컹.

뇌가 녹아버릴 것 같은 포옹이, 몇 번이나 몇 번이나 반복됐다.

"으, 아, 아르셰라! 그만 하지 않으면, 나도 진짜로———."

"잠시 가만히 계세요, 시온 님."

"뭐……."

"부탁드려요. 진지한 이야기입니다."

진지한 목소리로 말하면서, 아르셰라는 포옹을 거듭했다.

마치, 뭔가를 확인하려는 것처럼.

그 서슬에 압도당한 시온은 가만히 있는 수밖에 없었다.

'지, 진지한 이야기……? 하나도 안 진지한 상황 속에서……?'

곤혹스러워하는 시온에게── 새로운 공격이 덮쳐왔다.

'어…… 뭐, 으, 으아……!'

연속 포옹이 겨우 끝났나 싶었더니, 이번에는 아르셰라의 손이 온몸을 더듬어대기 시작했다. 어깨, 배, 엉덩이, 허벅지…… 가늘고 나긋나긋한 손가락이 온몸을 부드럽게 쓰다듬어댔다.

'응…… 크, 큰일 났다, 소리가, 나올 것, 같…… 으음.'

입술까지 깨물고, 시온은 수치심과 간지러운 기분을 견뎠다.

몇 번이나, 몇 번이나 반복하면서 확인하는 것처럼 온몸을 쓰다듬어댄 뒤에, 아르셰라는 겨우 그 손을 멈췄다.

"……시온 님."

포옹과 쓰다듬기가 끝나고, 혼이 빠져나간 것 같은 기분이 든 시온에게, 아르셰라가 믿을 수 없다는 표정으로 말했다.

"키가, 조금 크신 게 아닌가요?"

저택으로 돌아온 뒤에 창고에서 키 재는 도구를 꺼내서, 시온은 다시 한번 키를 재봤다.

그랬더니—— 키가 조금 컸다.

1센티미터 정도.

"……으아아아아아아! 좋았어어어어어어!"

창밖을 향해, 시온은 활짝 웃으면서 환희의 함성을 질렀다.

평소에는 일부러 어른스런 언동을 하고 있는 소년이, 두 팔을 펼치고 큰 소리를 지르며, 어린애답게 진심 어린 기쁨을 표현했다.

메이드 네 명은 그런 주인의 뒷모습을 지켜보고 있다.

"뭘 저렇게 좋아하는 거야, 우리 도련님. 겨우 1센티미터 정도 컸는데?"

"어머나, 이브리스. 잊어버린 거야?"

아르셰라가 말했다.

"시온 님은…… 마왕의 저주에 걸린 뒤로, 몸의 성장이 멈춰 있으셨잖아."

2년 전——

마왕을 죽였을 때, 시온은 저주에 걸렸다.

주의의 생명을 무차별적으로 흡수하는 에너지 드레인 외에도 다양한 저주의 특징이 나타났다. 마력의 양과 질의 변화. 경이적인 재생 능력.

그리고—— 육체의 불로(不老).

저주에 걸린 순간부터, 시온의 몸은 성장을 멈췄다.

원래는 성장기에 들어갔어야 할 열 살의 몸이, 마치 시간이 멈춰버린 것처럼 열 살인 채로 성장하지 않게 돼버렸다.

　나이를 먹지 않고, 늙지도 쇠약해지지도 않고, 언제까지나 젊은…… 많은 사람들이 갈망하는 불로불사── 그것과 한없이 가까운 상태가 됐지만, 아직 어린 소년에게 성장의 정지는 그저 고통일 뿐이었다.

　그런 시간을 잃어버렸던 육체가── 지금.

　겨우 1센티미터지만, 확실하게 성장했다.

　"아~ 그러고 보니까 그런 얘기 했었지."

　생각이 난 것처럼 고개를 끄덕이는 이브리스.

　"잘 됐네~ 시 님. 키가 안 크는 거, 은근히 신경 썼던 것 같던데. 그나저나…… 아르셰라는 잘도 알았네. 겨우 1센티미터 컸을 뿐인데."

　"후후후…… 메이드라면 주인의 변화에 민감해야 하지 않겠어? 너희들은 아직 준비가 덜된 거 아닐까."

　이래도 될까 싶을 정도로 득의양양하게 웃었다.

　"뭐랄까, 끌어안는 느낌이 평소와 조금 달랐달까? 평소 같으면, 이렇게…… 쏙 들어왔어야 하는데, 오늘은 아주 조금 주장이 강한 게……."

　"넌 항상 끌어안으니까."

　"하, 항상은 아니거든! 중요한 순간에만!"

　씁쓸하게 웃으며 말한 이브리스에게, 아르셰라가 발끈해서 변명했다.

나기는 질렸다는 것처럼 한숨을 쉬었다.

"흥. 어쨌거나 조신함이 부족하다는 뜻이다. 여자가 남자를 끌어안다니……."

"……어머나아? 어디에 어떤 분이 어떤 입으로 조신 타령을 하는 걸까아? 나기. 당신, 조금 전에——."

"으아아아! 다, 닥쳐라, 닥쳐!"

나기는 얼굴이 새빨개져서 소리쳤다.

그런 이야기를 하고 있는데, 푸른 하늘을 향해서 쾌재를 지르던 시온이 겨우 기분이 풀렸다는 것처럼 돌아왔다.

"후후후. 어쩐지, 요즘 왠지 시점이 높아졌다 싶었지. 그래, 그러고 보니 옷도 좀 작은 것 같은 기분이 들었어. 좋았어. 아르세라, 서둘러서 내 옷을 전부 새로 만들어줘."

"알겠습니다."

"아니, 1센티미터 가지고 그렇게 달라질 리가 없잖아."

폭주한 것 같은 주인의 명령에도 공손하게 고개를 숙이는 아르세라와, 냉정한 얼굴로 딴죽을 거는 이브리스.

기분이 좋았던 시온은 발끈해서 얼굴을 찌푸렸다.

"뭐야, 이브리스? 질투냐? 내 젊음이 부러운 거냐?"

"……하하하. 왠지 짜증이 나네요~ 도련님~?"

발끈한 것처럼 얼굴을 찌푸린 뒤에, 이브리스는 시온의 머리를 움켜쥐고는 위쪽에서 꾹꾹 눌러댔다.

"으아아아! 하, 하지마! 키, 키가 줄어든다고! 기껏 커주신 신장님이 줄어든다고!"

시온은 당황해서 도망쳤다.

"그런데 말이야~ 왜 이제 와서 갑자기 키가 컸지?"

"그건…… 흐음."

페이나의 말에, 시온이 새삼 생각에 잠겼다.

'듣고 보니 그러네. 왜 이제 와서 갑자기…….'

정신 줄을 놓고 기뻐했지만, 냉정하게 생각해보면 묘한 일이다.

저주에 관해서 여러 방법으로 검증한 결과 판명된 육체의 불로.

최근 2년 동안 성장을 멈췄던 몸이, 왜 이제 와서――

'생각할 수 있는 가능성은…….'

답은―― 금세 도출됐다.

최근 며칠 동안 시온의 육체에 일어난 큰 변화라면, 한 가지밖에 없다.

"성검, 인가."

시온은 자기 오른팔을 봤다.

약 일주일 전―― 이 저택에서, 싸움이 벌어졌었다.

레비우스 벨터 서계인.

예전에 시온의 동료였고, 지금은 마왕을 쓰러트린 용사로 추앙받고 있는 검사.

그는 다양한 책략을 구사해서, 왕도 밖으로 반출하는 것이 금지된 『성검 멜토르』를 소지한 상태로 시온을 상대했다.

격렬한 싸움 끝에―― 시온은 『멜토르』를 자신의 몸에 흡수했다.

성검을 마검으로.

인간이라면 누구나 쓸 수 있는 검을, 자신만이 쓸 수 있는 검으로 바꿔버렸다.

지금도 『멜토르』는 시온의 몸 안에 있다──

"성검을 흡수한 탓에, 마왕의 저주가 약해진 건가……!"

아직은 추론일 뿐이지만, 다른 가능성은 생각할 수가 없다.

성검.

그것은── 신이 인간에게 내려준 무구.

먼 옛날, 인간의 나약함을 슬퍼한 신들이 다른 종족들에 대한 대항수단으로서 성검을 만들었다고 전해진다.

그래서 성검은── 순수한 인간만이 쓸 수 있다.

인간이기만 하면 누가 됐건 간단히 힘의 해방을 허락하고, 특히 마족에 대해서는 절대적인 위력을 발휘한다.

예전에 시온은 『성검 멜토르』와 함께 싸웠고, 그 힘으로 마왕을 쓰러트렸다. 불사의 마왕에게도, 성검이라면 대미지를 축적시킬 수가 있었다.

지금은 저주 때문에 성검을 쓸 수 없게 됐지만──

『진호흡(노브레스)』.

그 저주의 힘으로, 성검을 자기 몸 안에 흡수했다.

"성검은 마족에 대해 상당히 유효한 공격 수단이 된다…… 그건 상대가 마왕이라도 예외가 아니었지. 그렇다면…… 마왕의 저주에 대해서도, 성검이 효과를 발휘한다는 뜻인가…… ."

놀라운 기분을 감출 수가 없다.

시온이 『멜토르』를 흡수한 것은 뭔가 깊은 생각이 있어서가 아니었다. 단지 그 자리에서, 그것 말고는 레비우스에게 이길 방법이 생각나지 않았기 때문이다.

그저 살기 위해, 앞뒤 가리지 않고 가진 힘을 전부 썼다.

그 결과가—— 설마 저주를 푸는 쪽으로 작용할 줄이야.

"그럼 도련님. 저주가 약해지면서 키가 조금 컸다는 건…… 에너지 드레인도 약해졌을지도 모른다는 뜻인가요?"

"그건…… 아직 모르겠어."

이브리스의 질문에 시온이 굳은 얼굴로 대답했다.

"감각으로 알 수 있어. 에너지 드레인 자체는 아직 발동하고 있어. 만약에 약해졌다고 해도 나 자신도 모르는 범위…… 정말로, 지극히 적은 변화일 뿐이겠지."

"그렇구나. 거의 달라지지 않았다는 건가."

아쉽다는 투로 말하는 이브리스.

"그럼 나리마님. 『멜토르』를 흡수하면서 저주를 아주 조금 경감했다면…… 거듭해서 다른 성검도 흡수한다면, 언젠가는 저주가 완전히 사라질 수도 있지 않겠습니까……?"

"……가능성은 있어."

나기의 말에, 시온이 고개를 끄덕였다.

로가나 왕국이 보유한 성검은 총 세 자루.

흐름을 관장하는 『리터』.

질량을 잡아먹는 『자그람』.

그리고 거리를 장악하는 『멜토르』.

그 외에 다른 사람이나 국가에 네 자루 정도가 존재한다는 것이 확인됐는데, 성검이 전부 몇 자루나 존재하는지는 정확하게 파악되지 않았다. 열 자루. 열두 자루. 열세 자루. 스물네 자루. 아흔아홉 자루…… 등등, 다양한 전승과 소문이 혼재해서, 뭐가 사실인지 모르는 상태다.

"그렇구나, 한마디로 도련님이 성검을 닥치는 대로 흡수하다보면, 언젠가는 저주가 완전히 사라진다는 건가."

"그런 짓은 못 해."

이브리스의 제안에 딴죽을 걸었다.

"성검은 나라의 보물이고 인류의 지보야. 내 개인적인 사정으로 멋대로 어떻게 해도 되는 게 아니라고."

"……하나는 흡수했으면서."

"기, 긴급사태라서 어쩔 수 없었다고!"

변명하는 말을 외친 뒤에, 살짝 한숨을 쉬고 오른손을 봤다.

"『멜토르』를 흡수한 건, 내가 과거에 이 녀석을 쓰면서 익숙해지고, 그 특성을 전부 알고 있었기 때문에 잘 됐던 것뿐이야. 다른 성검도 그렇게 될지는 모르는 일이고. 하지만──."

시온이 말했다.

눈동자에는 희망의 빛을 담고서.

"──이건 크나큰 한 걸음이야."

그렇게 말하고 오른손을 꽉 쥐었다.

"저주를 풀기 위해서, 나아가야 할 길이 보였어. 성검에 대해 조사하다 보면 마왕의 저주에 대해서도 알게 될지도 몰라."

완전히 두 손 들었던 암중모색의 상황 속에, 한 줄기 빛이 비쳤다.

성검을 이용한 저주의 상쇄.

아직 이 방법이 맞는 건지도 모르는 상황이지만, 지금까지 생각하고 시도했던 어떤 접근 방법보다 훨씬 가능성이 큰 것 같다는 생각이 들었다.

"……젠장. 생각이 모자랐어. 잘 생각해보면 금방 알 수 있는 일이잖아. 마왕한테 천적이었던 성검…… 그러니까 마왕의 저주와도 관계가 있을 리가 없다고, 처음부터 그렇게 생각해버렸어. 그렇구나…… 저주의 원리를 이해하지 않아도, 성검의 힘을 이용해서 강제로 감쇄시킬 수만 있다면, 오히려 성검의 파장을 바탕으로 역산해서──."

"저, 저기, 시 님."

생각에 잠긴 시온에게, 페이나가 말을 걸었다.

불안해서 떨리는 목소리로.

"왜, 페이나?"

"저, 저기 말이야, 만약, 만약에…… 말이야? 만약에, 저주가 완전히 없어지면…… 시 님은, 이 집에서 나가버릴 거야?"

"흐음. 뭐, 그렇겠지.

그 질문에, 시온은 간단히 고개를 끄덕였다.

"저주가 없어지면 이런 숲속 깊은 데 틀어박혀서 은둔할 필요도 없으니까. 이 집에서 계속 살 이유도 없고."

"…………."

"자, 어디서부터 시작해야 하려나……. 일단 현재 상황 검증부터? 『멜토르』 덕분에 자한테 걸린 저주가 어느 정도 변화했는지

제대로 확인해야겠지. 그 결과에 따라서는──.”

　혼자서 중얼거리며 다시 생각에 잠기는 시온.

　어린 얼굴에는 미래에 대한 희망이 가득 차 있다.

　암흑 속에서, 나아가야 할 길을 찾아낸 것 같은── 밝게 빛나는 미래를 생각하며 가슴이 두근거리는 것 같은.

　그런 시온을 바라보는 페이나의 눈동자에는 깊은 슬픔이 담겨 있었다. 손을 뻗으려고 했지만, 닿기 전에 다시 거두고 말았다.

　“……쳇. 한심한 얼굴 하지 말라고.”

　짜증난 목소리로 말한 사람은 이브리스였다.

　“처음부터 알고 있던 일이잖아. 도련님의 저주가 풀리면 어떻게 될지는…….”

　필사적으로 분노를 참는 것 같은 목소리. 페이나가 아니라 자기 자신에게 짜증이 난 것 같은 목소리였다.

　“……나리마님은, 이런 곳에 묻혀 계실 분이 아니다.”

　나기도 비통한 기분이 담긴 목소리로 말했다. 필사적으로 의연한 태도를 보이려고 했지만, 그 목소리는 살짝 떨리고 있다.

　“그 누구보다 인간 세상을 위해 공헌했으면서 받아야 할 대가를 받지 못했다. 돌아갈 수만 있다면…… 햇살이 드는 곳으로 돌아가시는 쪽이 좋다. 이번에야말로 당당하게 인간 세상에 이름을 떨치고, 그리고 보답을 받아야 한다.”

　“……알아. 안다고. 알지만 말이야…….”

　고집부리는 어린아이처럼, 같은 말을 되풀이하는 페이나.

　만약.

만약에, 시온의 저주가 풀린다면.

틀림없이 인간 세상은―― 그를 환영할 것이다.

이제 와서 용사의 입장으로 돌아가기는 힘들지도 모르지만, 시온을 쫓아낸 왕실은 손바닥을 뒤집는 것처럼 신동의 귀환을 기뻐할 것이다. 바로 시온의 재능이 나라에 가져다줄 이익을 계산하고, 나름의 지위를 준비하면서 후하게 대접해줄 것이다.

이 나라에 고집하지 않더라도, 시온의 실력과 지식이 있으면 있을 곳을 걱정할 필요는 없다. 온갖 분야에서 뛰어난 재능을 발휘한 시온은, 어느 나라에서도 앞다퉈서 탐을 낼 인재다.

선택지는 얼마든지 있다.

시온에게는 무한한 미래가 펼쳐져 있다.

하지만――

인간 세상에서의 눈부신 미래에, 배신자 마족은 존재할 수 없다.

"――다들, 각오했을 텐데."

아르셰라가 말했다.

일말의 주저도 망설임도 없는, 엄숙한 목소리로.

"용사였던 분을 섬기기로 결정한 순간에 각오하지 않았어? 시온 님의 빛의 세계로 돌아가실 수 있다면, 우리의 존재는 그저 짐일 뿐이야. 우리는…… 어디까지나 어둠 속의 존재일 뿐이니까."

세상을 구한 용사와 마왕군 최고 간부.

승자와 패자.

빛의 세계에서 이름을 떨쳐야 했던 소년과, 최악의 배신자로서 한없는 어둠에 빠졌어야 했던 여자들.

원래는 종전 후에 관여할 리가 없어야 했을 빛과 어둠을 맺어준 것은, 얄궂게도 소년을 잡아먹고 있는 저주였다.

　마왕의 저주가 없었다면 『사천여왕』이 용사의 메이드가 되는 것은 있을 수 없는 일이었다.

　그래서.

　저주가 사라지는 것── 그것은, 작별을 의미한다.

　이난 세상에, 그녀들이 있을 곳은 없다.

　인간은 자신들을 괴롭힌 마왕군 간부를 결코 용서하지 않을 것이다. 지금 같은 은둔 생활이라면 어찌저찌 속이면서 살아갈 수 있겠지만, 시온이 바깥세상에서 이름을 떨치게 되면, 그녀들의 존재가 시온의 입장을 위태롭게 만들 것이다.

　시온이 높은 곳으로 올라가려면 『사천여왕』은 방해가 될 뿐이다.

　저주가 사라진 용사에게, 더 이상 메이드는 필요 없다.

　저주를 풀 단서를 찾아내고 희망에 가득 찬 눈으로 미래를 생각하는 시온── 그가 생각하는 눈부신 미래에, 네 명의 메이드는 존재하지 않는다.

　그걸로 됐다.

　그래도 좋다.

　주인이 행복하다면, 자신들은 그걸로 족하다.

　네 메이드는, 그렇게 생각했다.

　그것이 옳은 일이라고 생각하기로 했다.

　하지만──

"아아…… 그나저나 정말 기대되네."

계속 생각에 잠겨 있던 시온이 겨우 원래 세상으로 돌아왔다.

그리고 희망이 넘쳐나는 웃는 얼굴로, 네 사람 쪽을 봤다.

"저주가 풀리면, 다 같이 더 많은 곳에 갈 수 있겠지."

시온이 말했다.

행복해 보이는 웃는 얼굴로, 그러면서도 아주 자연스럽게.

마치 당연한 사실을 말하는 것처럼, 『다 같이』라고 말했다.

이 다섯 명이 함께 지내는 행복한 미래를, 필연이라도 되는 양
말했다.

"저주 때문에 포기하고 있었는데…… 사실은 가보고 싶은 곳이
정말 많거든. 일 년 정도는 세상을 돌아다니는 여행을 가보는 것
도 좋겠어."

기분 좋게, 천진난만한 어린아이처럼, 자신이 생각하는 미래를
말했다.

"흐음. 하지만 이 저택에 살 필요가 없어진다고 해도, 기껏 다
같이 이렇게 깔끔하게 만들었으니까 말이야. 애착도 생겼고, 이
제 와서 버리는 것도 아깝네. 좋았어, 이 저택은 우리 별장으로
삼을까. 피서지로 활용하자."

"……어. 어라? 시, 시 님?"

열심히 말하는 시온에게 페이나가 깜짝 놀란 얼굴로 물었다.

"저주가 풀린 다음에도…… 우리, 같이야?"

"응? 그게 무슨 소리야?"

고개를 갸웃거리는 시온.

정말로 그 말의 의도를 모르겠다는 분위기다.

"아, 휴가 말이지. 너희도 휴가가 좀 필요하다는 얘긴가?"

"저, 저기……."

"걱정하지 말라고. 내 저주만 풀리면, 너희들한테도 휴가가 됐건 보수가 됐건 상응하는 상을 준다고 약속할게. 기대하라고."

"……."

할 말을 잃은 페이나.

시온은 너무나 기분 좋게 웃고 있다.

마치── 앞으로도 계속, 다섯이서 살아가는 것을 전혀 의심하지 않는다는 것처럼, 순진하게 웃고 있다.

그것은 일종의 『응석』이었는지도 모른다.

사랑받으면서 자란 아이가, 자기 어머니가 눈앞에서 사라진다는 것을 상상도 못 하는 것처럼── 앞으로도 자신이, 무조건적으로 사랑받는다는 것을 믿고 있는 것처럼.

시온도, 메이드들을 믿고 있는 것 같았다.

무의식중에, 곁에 있는 게 당연한 가족으로 생각하고 있다.

소년이 생각하는 미래에, 메이드 네 명은 당연한 존재였다.

그것이 가슴 아플 정도로 전해졌기 때문에, 메이드들은──

"……에헤헤. 시 님, 정말 좋아!"

페이나가 제일 먼저 뛰어들었다.

"계속 같이 있자, 시 님?"

"으아…… 뭐, 뭐야?"

"상이라, 이거 기대해야겠는데요, 도련님."

"어디까지고 함께 하겠습니다, 나리마님."

이브리스는 빈정대는 것 같은 미소를 지으면서 거칠게 머리를 쓰다듬었고, 나기는 공손하게 말하면서도 손을 꼭 쥐었다.

"아아…… 시온 님. 당신은 어째서…… 어째서, 이렇게나……!"

어느 샌가 뒤에 와서 서 있던 아르셰라가 더 이상 참을 수 없다는 듯이, 두 손을 뻗어서 시온을 꼭 끌어안았다.

"뭐, 뭐야?! 너희들, 갑자기 왜 이러는 건데?!"

"우후후. 아무것도 아닙니다."

"그냥, 우리끼리 얘기야."

"그래, 맞아. 도련님하고는 상관없지."

"부디 신경 쓰지 마십시오."

영문을 알 수가 없어서 항의했지만, 메이드들은 멈추지 않았다. 억누르고 있던 감정이 폭발한 것처럼 온 힘을 다해서 시온에게 달라붙었다.

"시, 신경 쓰지 말라니…… 으아, 하, 하지…… 으, 으아아──."

실컷 안기고 만져지고 쓰다듬어지는 시온은, 메이드들이 왜 이렇게 행복한 얼굴인지, 도무지 알 수가 없었다.

그날 밤── 어떤 사건이 벌어졌다.

"하아~ 진짜 최악이다. 이거 다 이브리스 때문이야."

"시끄러 페이나. 지난 일 가지고 계속 투덜대지 말라고. 네가 그런데 빨래 바구니를 놔둔 게 잘못이야."

"그렇다고 말이야. 아무리 깜빡해도 다 말려놓은 걸 또 세탁해? 보면 알잖아, 당연히. 덕분에 마른 속옷이 하나도 없잖아?"

"아~ 시꺼, 시끄러~."

"페이나. 이브리스. 그렇게 책임을 떠넘겨봤자 아무 소용없습니다. 둘 다 반성하세요."

"자, 세 사람. 걱정하지 않아도 된다. 마침 새로 지은 사라시와 훈도시가 있으니까."

"……나기. 당신은 어째서 그렇게 기뻐하는 건가요?"

"후후후후후. 드디어 찾아왔구나. 너희에게 훈도시가 얼마나 훌륭한지 알려줄 날이! 훈도시는 좋다. 대륙의 얄팍한 속옷과 달리, 몸에 착용하면 정신을 꽉 다잡아준다. 그런데 너희는…… 아무리 권해도 전혀 듣지를 않으니……."

"그치만 싫거든. 예쁘지도 않고."

"이런 천을 엉덩이 사이에 끼우느니, 안 입는 게 낫다고."

"……나기? 정말로 이 대담한 것이 당신 조국의 표준적인 속옷이라는 거죠? 저희를 속이려는 게 아니겠죠?"

"큭…… 네놈들, 매번 우리나라의 문화를 무시하다니……!"

한쪽 방에서, 메이드들이 시끄럽게 떠들고 있을 때, 우연히 시온이 그 방 앞을 지나갔다.

"이봐, 시끄럽잖아. 이런 밤중에 뭐가 이렇게──."

문을 연 순간, 모두의 시간이 멈춰버렸다.

"…………."

아무 말 없이, 시온은 문을 닫아버렸다.

몇 번이나 고개를 젓고, 손으로 눈두덩을 주물렀다.

"……아무래도 피곤한가보네. 이상한 환상을 다 보고 말았어."

문 너머에 펼쳐져 있던 세상은 너무나 선정적이었고, 게다가 너무나 특수했다. 일부의 특이한 성적 취향을 지닌 자들만이 선호할 것 같은, 말로 표현할 길이 없는 관능적 광경이 거기에 있었다.

"……오늘은 일찍 자자."

특수한 복장이 자아내는 특수한 에로티시즘은, 아직 어린 시온에게는 도저히 받아들일 수 없는 것이었기에, 과부하에 걸린 뇌는 처리를 포기하고 눈에 새겨진 광경을 기억 밑바닥으로 보내버렸다.

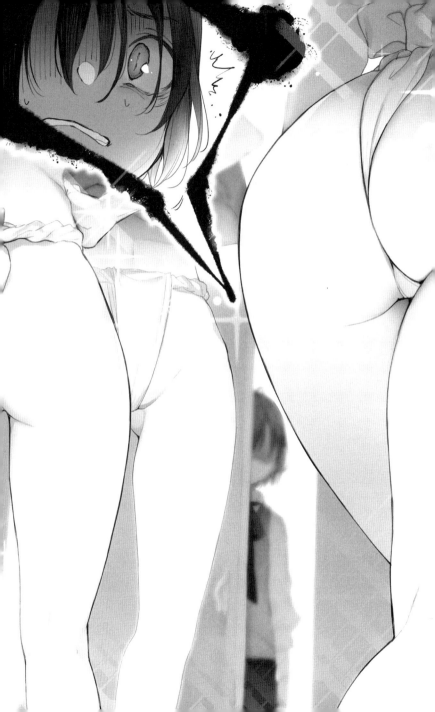

Presented by Kota Nozomi / Illustration = Pyon-Kti

Genius
Hero
and
Maid
Sister

제 2 장　전직 용사와 야한 수녀님

저택의 한 방에서, 시온과 아르셰라 두 사람이 어떤 검증을 하고 있었다.

"시온 님, 언제든 괜찮습니다."

"좋았어. 간다."

시온은 오른손의 장갑을 벗었다.

방 중심에는 꽃병에 꽂아놓은 꽃이 한 송이 있다.

이 저택 주위에 피어 있는 것이 아니라, 시내 꽃집에서 사온 것이다.

시온은 그 꽃을 향해 오른손을 내밀었다.

'……미안하다.'

마음속으로 사과하고, 오른손에 의식을 집중했다.

평소에는 억누르고 있는 마왕의 저주── 에너지 드레인을 조금씩, 조금씩 해방했다.

겨우 몇 초 만에 꽃이 말라버렸다.

생명력을 송두리째 빼앗긴 것처럼 시들었고, 물기를 잃은 꽃잎이 떨어졌다.

저택 주변에 있는 식물이라면 에너지 드레인의 영향으로 말라 죽는 일은 없다. 전에 땅에 피를 흘렸더니 권속 계약과 비슷한 현상이 일어났고, 시온이라는 위협에 적응한 식물만이 자라게 되었다.

하지만 이 주변 이외의 식물이라면── 생명인 이상은 시온의 저주에서 도망칠 수 없다.

"아르셰라."

"3.5초입니다."

손에 들고 있는 시계를 보고 시간을 말한 뒤에, 아르셰라는 꽃이 말라버릴 때까지 걸린 시간을 종이에 기록했다.

"계속한다."

그리고 비슷한 검증을 되풀이했다.

새로운 꽃을 꽂고, 손을 들어서 말라버릴 때까지의 시간을 기록한다. 최대한 힘을 억제한 상태, 반쯤 해방한 상태, 70% 정도 해방한 상태, 장갑을 낀 채 힘을 반쯤 해방한 상태…… 등등, 다양한 상황으로 검증을 되풀이했다.

"어떤가요, 시온 님.?"

검증이 어느 정도 끝나고, 적어놓은 기록을 보고 있는 시온에게 아르셰라가 물었다.

"예정과 비교해서 꽃이 말라버리는 데 걸리는 시간이 길어졌어. 아주 조금이지만."

"그렇다면……."

"그래. 에너지 드레인이…… 한마디로 저주가 약해졌다고 해도 되겠지."

얼마 전에 키가 1센티미터 정도 자란 것을 보고『성검을 흡수해서 마왕의 저주가 약해졌』는 가설을 세웠다.

육체의 성장 이외의 부분── 예를 들어서 에너지 드레인은 어떻게 변화했는지 확인하기 위해, 다양한 검증을 하고 있는데——

그 결과, 아주 조금이지만 생명를 빨아들이는 힘이 약해졌다는 것을 알게 됐다.

"역시 시온 님의 예상이 옳았군요. 성검을 흡수한 덕분에 마왕의 저주가 확실하게 약해졌습니다."

"…….응."

"왜 그러시는지요?"

"그게…… 분명히, 에너지 드레인은 예전보다 약해지기는 했어. 하지만 이건, 약해졌다기보다는…….'"

다시 한번 기록을 확인했다.

'……지금까지는 아무리 억제하려고 해도 완전히 억제하지 못했고, 맨손을 지근거리까지 댔을 경우, 아주 짧은 시간에 꽃이 말라버렸어.'

『힘을 억제하려고 한』 상태라면, 분명히 예전보다 말라버리는 시간이 길어졌다.

하지만——

『힘을 해방한』 상태의 시간은…… 거의 변함이 없어.'

억제를 풀고, 힘을 빼고, 지금의 시온에게 있어서는 가장 자연스러운 상태에서 에너지 드레인을 해방한 상태—— 해방 상태에서는 꽃이 말라버리는 속도가 지금까지와 전혀 다를 게 없다.

억제하려고 하면 전보다 조금 더 억제할 수 있다.

하지만 이단 해방했을 때의 최고 출력은 전혀 다를 게 없다.

힘 자체는 전혀 줄지 않았다.

그것이 의미하는 것은, 한마디로——

'약해진 게 아니라…… **제어할 수 있게 됐**다고, 그렇게 생각해야 하려나?'

제어할 수 없었던 힘을 약간이나마 제어할 수 있게 됐다.

출력 자체는 그대로지만, 조절할 수 있는 범위가 넓어졌다.

'성검의 특성이 저주를 중화, 상쇄하는 것이라고 예상했었는데…… 이 느낌은 뭔가 다른 것 같다.'

엄청난 힘을 상극에 해당하는 힘으로 소멸시킨다기보다——오히려 반대로, 뭔가 톱니바퀴가 맞물린 것 같은 감각이다.

저주를 푸는 길이 보였다고 생각했던, 성검 흡수.

하지만 구조가 그렇게 간단하지 않은지도 모른다.

'저주…… 그래, 저주야. 나는 멋대로 저주라고 불렀어.'

자신의 의지로 어떻게 할 수 없고, 자신에게도 주위에도 재앙을 일으키는—— 그런 너무나 부조리한 현상이라서, 자연스레『저주』라는 호칭을 사용해왔다.

'하지만…… 애당초 이걸—— 저주라고 해야 할까?'

마왕을 죽이면서 시온의 몸에 깃들어버린 힘.

이 힘의 정체는, 대체——

"……시온 님?"

생각에 잠겨 있었더니 아르셰라가 걱정하는 목소리로 시온을 불렀다.

"아, 그래. 음. 아무것도 아냐. 아무튼 저주의 효력이 약해진 건 틀림없는 것 같아."

쓸데없는 걱정은 마음속에 담아두고, 시온은 그렇게 말했다.

"그리고 일단, 오늘도 키를 한 번 재볼까."

"알겠습니다."

두 사람은 방 한쪽에 있는 키 재는 도구 쪽으로 이동했다.

'겨우 하루 만에 뭐가 달라졌을 리가 없지만…… 어쩌면 자랐을지도 모르니까! 저주가 약해지면서, 지금까지 억눌려 있던 성장기가 폭발할지도 몰라!'

마음속으로는 두근두근하면서 키를 쟀는데——

"……어라?"

"왜 그래, 아르셰라?"

"죄송합니다. 측정봉이 내려오질 않아서……."

사용하는 키 재는 도구는, 기둥에 달린 측정봉을 내려서 키를 재는, 아주 기본적인 형태의 도구다.

아무래도 측정봉이 걸려서 움직이지 않는 것 같다.

"이 저택에 있었던 오래된 물건이니까. 여기저기 상태가 안 좋을 만도 하지."

"아, 그래도, 어떻게든 될 것 같습니다. 이, 앞쪽이 걸려 있으니까……."

중얼거리면서, 아르셰라는 시온 앞쪽으로 이동해서 도구 위쪽에 걸려 있는 측정봉을 어떻게든 해보려고 했다.

그 결과, 벌어진 사태는——

"——."

가슴이.

메이드복을 밀어 올리고 있는 풍만한 흉부가, 시온의 눈앞까지 다가왔다.

'대, 대단하다…… 흔들리고 있어…….'

뒤꿈치를 들고 두 팔을 올린 채 작업하고 있기 때문에, 움직일 때마다 가슴이 크게 흔들렸다. 아르셰라가 조금만 더 가까이 다가오기라도 하면, 그것만으로도 심장이 터져버릴 것 같다.

'……모, 모르는 건가?'

아르셰라 본인은 위를 본 상태로 작업에 집중하고 있기 때문에, 가슴을 내밀고 있다는 사실을 자각하지 못하고 있는 것 같다.

평소의 의식적인 유혹과 다른 무의식중의 유혹.

아무런 꿍꿍이도 없이 눈앞에 내던져진, 무방비한 두 개의 과실.

'아, 안 돼…… 아르셰라는 진지하게 작업하고 있으니까, 이상한 생각 하지 말고 가만히 있어야……!'

평소의 의도적인 어필과 다른 탓에 주의를 줄 수도 없다.

시온은 어떻게 하지도 못한 채 가만히 서서, 눈앞에서 흔들리는 커다란 가슴에 압도당할 뿐이었다.

"아, 고쳤습니다…… 응, 어라? 무슨 일이신가요 시온 님. 얼굴이 빨갛게 물들었습니다만?"

"아, 아무것도 아냐."

키는 자라지 않았다.

지난번에 1센티미터 자란 상태에서 거의 변함이 없다.

더 자세히 말하자면…… 몇 밀리미터 줄어 있었다. 인간은 시간대에 따라 키가 조금씩 크고 작아진다고 하니, 오차 범위라고 생각하지만.

"……역시 갑자기 자라는 건 아닌가. 뭐, 알고는 있었지만. 하나도 기대 안 했지만. 혹시 몰라서 해볼 거니까. 정말 그냥 하는 김에 한 거니까."

누가 들으라는 것도 아닌 변명을 되풀이하는 시온.

"그러고 보니 시온 님, 신장 얘기를 하니까 생각이 났는데, 옷을 전부 새로 만들라는 명령은……."

"아…… 그, 그건 그냥 농담이야. 진지하게 받아들이지 말고."

씁쓸한 얼굴로 말하는 시온. 키가 컸다고 신이 나서, 자기도 모르게 의미도 없는 명령을 내리고 말았다. 지금 생각하면 창피할 따름이다.

아르셰라는 살짝 씁쓸하게 웃더니, "알겠습니다"라고 말하며 고개를 끄덕였다.

"그나저나 옷 하니까 말이야…… 아르셰라."

시온이 갑자기 생각났다는 것처럼 말했다.

"나도 슬슬, 반바지 말고 다른 옷도 입고 싶은데──."

"안 됩니다!"

아르셰라가 소리쳤다.

잡아먹을 듯이, 귀기 서린 얼굴로.

"안 돼요, 안 됩니다, 시온 님…… 반바지를 안 입다니, 그런 아까운── 아니, 아니지! 아무튼, 절대로 안 됩니다."

"어, 어째서?"

"그건…… 그러니까…… 말이죠? 그게, 뭐랄까…… 왜, 그거
있지 않습니까, 그거."

엄청나게 애매한 대답이었다.

시온이 평소에 입은 옷들은, 외출복도 잠옷도 대부분 아르셰라
가 골라준 것이다.

아르셰라가 시내에서 구입하거나 가끔씩 직접 어레인지도 해
주고 있다. 저택에 처음 왔을 때는 단추도 제대로 못 다는 것 같
았는데, 최근 일 년 사이에 재봉 기술이 엄청나게 늘었다.

원래 의복에 크게 신경 쓰지 않는 시온은, 아르셰라가 골라주
는 옷에 아무런 불만도 없었지만── 딱 하나, 불만이라기보다는
신경 쓰이는 점이 있었다.

그것은.

아래쪽이── 거의 반바지라는 점이다.

좋은 소재로 좋은 디자인의 긴 바지를 사오면, 그걸 굳이 직접
재단해서 반바지로 만들었던 적도 있다.

"바, 반바지에 무슨 불만이라도 있으신지요, 시온 님?"

"아니, 불만인 건 아니지만…… 그러니까, 일 년 내내 반바지만
입는 건…… 어린애 같아서 좀 창피하다고나 할까."

"……그러니까 그 조금 창피해하면서 반바지를 입고 계시는 시
온 님의 모습이 너무 귀여워서 참을 수가 없습니다── 그 허벅
지가 너무 눈이 부신 탓에 뇌에서 이상한 즙이 줄줄줄 멈추질 않

고—— 아니. 아, 아무것도 아닙니다."

약간 폭주한 것처럼 말하다가 황급히 수습하는 아르세라. 속내가 줄줄 새나온 것 같은 기분도 들지만, 너무 빨라서 제대로 알아듣지 못했다.

'……모르겠어. 어째서 아르세라는 나한테 반바지를 입히려고 드는 거지?'

아르세라가 반바지에 고집하는 이유—— 그것은 완전히 개인적인 취미의 영역이지만, 시온은 그것을 도무지 알 수가 없다.

나이 어린 소년의 허벅지에 대해 강한 관심이나 흥분을 보이는 성적 기호를, 소년 본인은 상상조차 못 했다.

"저기, 시온 님…… 사실은 지금, 귀족 분들 사이에서는 반바지가 유행의 최첨단이라는 것 같습니다만?"

"그래?"

"예. 동쪽인가 서쪽에 있는 나라 『반브 아지』에서 찾아온 상인 『허브 억지』의 영향으로, 반바지가 은근히 붐이라던가 아니라던가. 어린애 같기는커녕, 엄숙한 식전 등에서 착용하는 어른의 정장으로서 반바지가 보급되고 있다는 것 같습니다."

"호오. 내가 모르는 곳에서 그런 일이 벌어지고 있었나."

"제가 들은 이야기에 의하면 그렇다는 것도 같고 아니라는 것도 같고. 그러니까 시온 님, 저희의 주인으로서, 시온님이 지금 이상의 품격을 지니시도록 하기 위해, 저는 역시 반바지 착용을 강하게 권하고 싶습니다."

"그렇군…… 알았어. 그렇다면 지금까지 하던 대로 반바지를 입도록 하지."

납득한 시온을 보면서 살짝 안심한 표정을 지었지만──

"……아르셰라한테는, 항상 도움만 받네."

"예?"

"나는 집안에만 틀어박혀 있다 보니까, 점점 세속에 대해 잘 모르게 돼가고 있어. 그래서 아르셰라는 나한테 유행하는 옷을 입히려고 하는 거잖아? 세상 물정 모르는 네가 더 이상 세상 사람들과 동떨어지지 않도록 하기 위해. 사회에서 버림받은 내가, 하다못해 차림새 정도는 사회와 이어지도록 말이야."

"……저기."

"너희 마족들이 인간의 문화를 배우는 건 정말 힘든 일이라고 생각해. 그런데 아르셰라는 항상 인간에 대해 열심히 배우고 있어. 설마 유행하는 옷까지 연구하고 있었을 줄이야."

"……으."

"네 노력과 배려 앞에서는 정말 고개를 들 수가 없다니까."

"……으으."

"항상 고마워, 아르셰라. 너 같은 메이드가 있어서, 난 정말 행복해."

"큭! 누, 눈이 부셔……! 녹아버리겠어……!"

의심이라고는 조금도 찾아볼 수 없는 무구한 웃는 얼굴 앞에서, 아르셰라는 성수를 뒤집어쓴 악마 같은 반응을 보였다.

그리고, 엄청난 번뇌와 갈등을 보인 뒤에,

"……시, 시온 님, 역시…… 긴 바지도 준비하겠습니다."

아르셰라는 그렇게 말했다.

죄악감에 짓눌린 것 같은 얼굴이었다.

"음. 괜찮겠어? 반바지가 유행한다면서?"

"아, 아닙니다…… 아무래도 제가 잘못 생각한 것 같습니다. 지금이 아니라 몇 년 전의 유행이었는지도 모릅니다."

"흐음. 그런가."

아무래도 긴 바지를 입을 수 있게 된 것 같다.

어째선지 아르셰라는 아주 소중히 보존해뒀던 보물을 잃어버린 것 같은, 깊은 절망에 물든 얼굴이 되어 있었다.

마침내 뒷정리가 끝나고, 두 사람은 지하실에서 나오려고 했는데.

"——."

문을 지난 직후.

휘청, 하고 아르셰라가 비틀거렸다.

현기증이라도 난 것처럼 몸에서 힘이 빠지고, 그 자리에 주저앉고 말았다. 손에 들고 있던 꽃병은 바닥에 떨어져서 깨지고 말았다.

시온은 황급히 달려가서 막을 걸었다.

"아, 아르셰라?!"

"……죄, 죄송합니다. 꽃병이……."

"그런 건 됐고. 괘, 괜찮아?"

"괜찮습니다⋯⋯ 그냥, 현기증이 났을 뿐입니다."

'얼굴이, 새파랗잖아⋯⋯.'

두꺼운 화장 때문에 알아차리지 못했지만, 가까이에서 보니 안색이 상당히 안 좋았다── 아니. 안 좋은 안색을 감추기 위해서 화장을 두껍게 했겠지.

"아르셰라⋯⋯ 어제도 몸이 좀 안 좋아 보였는데, 정말 괜찮은 거야?"

"괜찮습니다. 최근에 조금, 잠이 부족해서 그렇습니다.

그렇게 말하고, 아르셰라는 일어나서 깨진 꽃병 조각을 치우기 시작했다.

시온은 그런 아르셰라를 조용히 지켜볼 수밖에 없었다.

"행방불명 사건?"

점심 식사 때의 일이다.

다섯 명이 식탁에 앉아서 식사를 할 때, 오늘 장보기 당번이었던 나기가 시내에서 들은 이야기를 해줬다.

"예. 비스테아와 그 인근에서 사람이 사라지는 사건이 다수 발생하고 있다는 것 같습니다."

"살벌한 이야기네."

"하지만 사건인지 아닌지에 대해서는 아직 확실히 밝혀지지 않았다는 것 같습니다. 행방불명 된 사람들은 전부 성인들이라는 것 같으니까요."

"흐음……."

어린아이들이 행방불명 됐다면 유괴나 사고일 가능성을 생각해야겠지만, 사라진 사람이 성인―― 만 16세 이상이라면, 이번에는 자기 의지로 집에서 나갔을 가능성이 커진다.

하지만 행방불명된 사람이 열 명이나 된다면―― 아무리 성인이라고 해도 어떤 사건이라고 생각할 수밖에 없다.

"뭔가, 행방불명된 사람들의 공통점은 없나?"

"전부, 젊은 남자라는 것 같습니다."

나기가 말했다.

"젊은 남자?"

"예……. 그리고, 사건과의 관계성이 있는지는 아직 확실하지 않습니다만…… 최근에 비스테아 외곽에 있는 한적한 교회에―― 음마가 살기 시작했다는 소문이 있습니다."

"으, 음마……?"

"행방불명된 남자들 중에는, 교회 쪽으로 가는 모습을 목격했다는 자들도 여러 명이 있습니다. 그중에는 당당하게 『음마라는 놈을 보고 오겠다』고 큰소리를 치면서 제 발로 교회에 가서 돌아오지 않은 사람도 있다고……."

뭐라 표현할 수 없는 얼굴로 말하는 나기.

그랬더니 이브리스가 깊은 연민이 담긴 표정으로, 옆에 앉아 있는 아르셰라의 어깨에 손을 얹었다.

"자수해, 아르셰라."

"뭐!"

"지금 자수하면 아직 죄가 가벼울 거야. 제대로 죗값을 치르고 와라."

"자, 잠깐만, 이브리스⋯⋯."

"아~ 내가 언젠가는 사고 칠 줄 알았다니까~."

"페이나까지⋯⋯."

"뭐, 걱정할 필요 없어. 아르셰라가 잡혀가더라도, 내가 뒤를 이어서 메이드장 일을 맡아서 하면 되니까."

"그, 그만 좀 하세요, 여러분! 전 아니에요!"

놀리는 두 사람에게 눈물을 글썽이면서 호소하는 아르셰라.

그런 세 사람을 차가운 눈으로 흘끗 본 뒤에,

"쓸데없는 농담은 넘어가고, 나리마님, 어떻게 할까요?"

나기가 냉정하게 물었다.

"그렇군⋯⋯."

시온은 잠시 생각한 뒤에 말했다.

"상황을 보러 가볼까."

그날 저녁, 시온은 저택에서 나왔다.

해가 완전히 저물 무렵에 목적지인 교회에 도착했다. 소문에 의하면 음마는 밤에 출현한다고 하니까, 딱 좋은 시간대라고 할 수 있겠지.

"여기가, 음마가 나온다는 교회인가."

낡은 교회를 올려다보며, 시온이 중얼거렸다.

건물 자체는 멀쩡하지만, 주위에는 잡초가 마구 자라 있다. 사람이 드나드는 기색은 전혀 없다. 시내의 소문에 의하면, 3년쯤 전에 나이든 신부가 돌아가신 뒤로 아무도 손을 안 댔다는 것 같다.

'주위에 민가는 없고, 사람 기척도 느껴지지 않아. 오래 있지만 않으면 에너지 드레인의 영향은 신경 쓰지 않아도 되겠지.'

주위 상황을 살핀 뒤에,

"그나저나…… 정말 괜찮은 거야?"

시온은 옆에 서 있는 아르셰라를 봤다.

이번 외출에는 아르셰라 혼자만 동행하게 됐다.

"몸이 안 좋으면 무리하지 않아도 되는데?"

시온이 오늘 아침 일을 떠올리며 말하자, 아르셰라가 고개를 저었다.

"배려해주셔서 감사합니다. 하지만, 괜찮습니다."

그리고 계속해서 말했다.

"다른 자에게 맡길 수도 없는 일입니다. 만약 음마가 있다면…… 저와도 관계있는 일이 되니까요."

"그런가."

시온은 더 이상 추궁하지 않았다.

두 사람은 교회 쪽으로 걸어갔다.

중후한 문을 열었더니── 조용한 공간이 펼쳐져 있었다.

질서정연하게 줄지어 있는 긴 의자와 십자가 모티프. 천장 근처까지 올라가 있는 색색의 스테인드글라스에서는 은은한 달빛이 들어오고 있다.

"……그립네."

버려졌으면서도 신성한 분위기가 남아 있는 교회를 보며, 시온은 추억에 잠기는 눈빛으로 중얼거렸다.

"그립다는, 말씀이십니까?"

"그래── 엠마 생각이 나서."

시온은 미소를 지으며 말했다.

아르셰라는 갑자기 표정이 굳어지면서,

"……이, 있었죠, 그런 이름의 여자도."

그렇게, 딱딱한 말투로 말했다. 볼은 약간 빨개진 것이, 창피함을 참는 것 같은 분위기였다.

엠마.

그것은 시온과 아르셰라에게 특별한 의미를 지닌 이름이다.

마왕군과 싸우는 여행을 하던 중에, 시온이 서방 교회에서 만났던 한 수녀.

가혹한 여행 속에서 만났던 엠마를, 시온은 친누나처럼 좋아했었다.

자신을 『시온 군』이라고 부르며 귀여워해 주던 엠마는, 힘든 여행 속에서 만난 구원 같은 존재였다. 엠마가 없었으면 계속 싸울 수 없었다고 할 수도 있다.

하지만.

그녀는 두 번 다시 시온의 앞에 나타나지 못할 것이다.

왜냐하면 엠마는──

"──."

추억에 잠겨 있던 머리가 강제로, 현실로 되돌아왔다.

기척이.

마족의 짙은 기척이 살갗을 찔렀다.

"──어머나, 오늘은 아주 귀여운 손님이 오셨네."

부자연스럽게 밝은, 그러면서도 요염한 목소리가 어디선가 들려왔다.

"후후. 그나저나 인간은 정말 바보라니까. 야한 소문을 조~금 흘렸더니, 이렇게 제 발로 걸어오고 말이야."

마침내 목소리의 주인이 모습을 드러냈다.

기둥 쥐에서 뻗어온 그림자 속에서 쑤욱 올라오는 것처럼, 여자의 실루엣이 만들어져갔다.

아름다운 여자였다.

단정한 얼굴과 극상의 몸매.

얼핏, 수녀처럼 보였다.

검은색 바탕의 수도복을 몸에 걸친── 하지만 그 옷매무새는 아무리 봐도 신을 섬기는 여자라고 볼 수가 없었다.

수도복의 크기가 상당히 작아서, 기복이 풍부한 몸의 라인이 강조되고 있다. 깊게 파인 슬릿 사이로 보이는 맨다리와 대담하게 노출한 가슴팍. 비뚤어지게 쓴 베일 밑으로 밝은 색상의 머리카락── 그리고 뿔이 보인다.

"인간 수컷들은 좋아하잖아? 이런 엄청 야한 수녀?"

간드러진 목소리로 말하며, 여자는 천천히 다가왔다.

"정말 못된 꼬마네. 아직 어린데도 야한 일에 관심이 많다니. 아니면 우연히 길을 잃고 왔나? 뭐, 어느 쪽이건 답은 똑같지만."

여자의 눈동자가 요염하게 빛나고, 입술은 고혹적인 미소를 그렸다.

"하나도 걱정할 것 없어. 너처럼 작은 꼬마라도, 누나가 하나부터 열까지 전~부 가르쳐줄게. 모든 것을 다 잊어버릴 정도로, 정~말 기분 좋게 해줄 테니까."

"……소문이 사실이었나보네."

시온이 질렸다는 표정으로 말했다.

표정은 평정 그 자체, 여자의 색기에 현혹된 기색은 없다.

평소에는 여러모로 메이드들한테 놀림을 당하는 시온이지만── 아무리 여성에게 내성이 없다고 해도 전투가 되면 또 이야기가 다르다.

일상과 전장에 따라 스위치를 바꾸는 정도는 할 수 있다.

아무리 어리다고 해도── 그는 마왕을 죽인 용사.

전장에서 여자의 색향에 당할 정도의 사내가 마왕군을 상대로 싸울 수 있을 리가 없다.

"일단── 포박해둘까."

"뭐? 포박……? 아하하. 뭐야, 너 무슨 소릴 하는 거니. 포박이라니…… 혹시 내 정체, 몰라? 난 말이야, 음마거든? 너 같은 어린애가 어떻게 할 수 있는 상대가──?!"

깔깔 웃던 여자의 얼굴이── 순식간에 굳어지고, 경악과 공포로 새파랗게 물들었다.

아주 약간, 시온이 마력을 해방했을 뿐인데.

"어…… 뭐야, 너…… 뭐, 뭐냐고, 이 마력……?!"

전율하는 여자를 향해, 시온이 손을 내밀었다.

다음 순간──

공간에서 수많은 빛의 화살이 뿜어져 나왔고, 하나도 빠짐없이 여자에게 명중했다.

화살은 명중한 순간에 빛의 화살로 바뀌어서 여자의 몸에 휘감겼다.

"꺄아아아악!"

충격 때문에 뒤로 날아간 여자는 교회 기둥에 격돌. 빛의 채찍은 기둥에도 칭칭 감겨서 음마를 묶어버렸다.

"어…… 어어어?! 뭐야, 이거 뭐야……?!"

"흠. 별것도 아니군."

눈 깜박할 사이에 벌어진 일.

영창을 파기한 포박 술식으로 이 정도 속도와 위력을 발휘할 수 있는 마술사는, 대륙 전체를 뒤져도 두 손으로 꼽을 수 있을 것이다.

어지간한 인간은 대항도 할 수 없는 고위 마족인 음마도, 시온 앞에서는 수준이 떨어지는 상대일 뿐이었다.

"훌륭하십니다, 시온 님."

뒤쪽에 서 있는 아르셰라가 공손하게 말했다.

"……나도 좀 더 조용히 처리하고 싶었는데 말이야."

아무리 상대가 마족이라고 해도, 대화도 하지 않고 섯불리 손을 쓰고 싶지는 않았다.

그렇다면 어째서, 바로 상대를 포박했을까──

"이렇게라도 하지 않으면…… 네가 저 녀석을 죽였을 것 아니 겠어?"

뒤쪽에서 엄청난 살기가 느껴졌기 때문이다.

음마에게 향하는, 정말 무시무시한 살기를.

"뭐, 뭐예요, 시온 님도 참…… 제가 그런 살벌한 여자로 보이 시나요?"

"……시치미를 떼려면 그 뿔부터 집어넣고 해."

"앗! 아, 아닙니다 시온 님. 솔직히, 시온 님을 색향으로 유혹하 려고 한 짓만 해도 백번 죽어 마땅한 짓이긴 합니다만…… 그 방 식이 너무 조잡하고 품위라고는 찾아볼 수 없는 저속한 유혹이었 기에, 저도 모르게…….."

복잡한 분노를 설명하는 아르셰라.

시온은 한숨을 쉬었고, 그리고는 포박한 음마 쪽으로 걸어갔다.

"자. 이제 어떻게 할까."

어떻게 정보를 끌어내야 할지 생각하며, 기둥에 묶여 있는 음 마를 봤는데── 그녀의 눈은 시온의 뒤쪽을 보고 있었다.

"호, 혹시…… 아르셰라, 님?"

눈을 깜박거리며, 음마가 말했다. 묶여 있는 채로 몸을 앞으로 내밀려 했고, 그러다가 베일이 벗겨졌다.

훤히 드러난 얼굴에 달빛이 비치자, 아르셰라가 깜짝 놀랐다.

"릴리일라…… 너였니."

마왕의 측근이었던『사천여왕』에게는 각각 직속 부하가 존재했다.

하지만 그것은 단순히 형식적인 주종관계였을 뿐이다.

큰 관계가 있는 것도 아니다. 마왕이 준 마족 집단을, 형식상 부하로서 다뤘을 뿐이다.

하지만── 아르셰라만은 조금 사정이 다르다.

여러 사정으로 천애 고아가 된 다른 셋과 달리, 그녀에게만은 많은 동족이 있었다.

『바빌론』.

아르셰라는── 태어나면서부터 여왕이었다.

음마를 이끄는 존재로서, 마계에 태어났다.

마왕의 군문에 들어갔다고는 해도, 음마들에게는 변함없이 여왕이었다.

『사천여왕』의 필두로 군림하면서도, 그녀는 많은 음마들을 부하로 뒀다.

릴리일라는 그런 음마 군세 중의 한 명이었다.

"──뭐, 저는 말단 중에 말단이었지만요. 너무 말단이라서 전혀 나설 차례가 없다고나 할까, 시시한 잡일들만 했다고나 할까."

릴리일라는 아무렇지도 않게, 묘하게 밝은 투로 말했다.

저택 지하실.

교회에서 포박한 음마── 릴리일라는 일단 저택으로 데리고 와서 지하실에 감금했다. 팔과 다리에는 포박 술식으로 만든 빛의 족쇄를 채워뒀다.

팔다리를 묶어서 바닥에 내던져둔 모양이지만── 릴리일라의 태도는 참으로 경박했다.

"저는요, 거의 전선에 나가보지도 못했거든요. 어느새 나도 모르게 전쟁이 끝나 있었다고나 할까. 마왕님을 죽였다는 용사라는 것도, 결국 보지도 못했고."

릴리일라 본인이 말한 대로, 그녀는 마왕군 안에서 그다지 높은 지위가 아니었던 것 같다.

시온은 상대한 경험이 없고, 페이나, 이브리스, 나기 셋도 그녀에 대해 모른다고 했다.

"우와~ 그나저나 진짜 놀랐네요. 마계에서 모습을 감춘 아르세라 님이, 설마 용사 꼬마랑 같이 계셨다니."

거기까지 말하고, 그녀는 새삼 시온을 쳐다봤다.

"처음 뵐게요, 용사 군. 소문은 들었지만, 진짜 어린애였네. 이렇게 작은 아이한테 마왕님이 당하다니, 조금 놀랐어."

국가 규모로 정보 통제가 행해지는 인간 세계와 달리, 마계에서는 제대로 된 정보가 퍼져 있는 것 같다.

마왕을 쓰러트린 것은 당시 열 살의 소년이라는, 역사의 진실이.

인간 나라에서는 아무도 모르는데 마계에서만 이름을 떨쳤다니, 정말 얄궂은 일이다.

"정말 대단하네. 네가 마왕님을 죽여준 덕분에, 마계는 아주 난리가 났거든?"

"…………."

"아, 미안, 미안해, 빈정대는 것도 아니고 원망하는 것도 아냐. 난 말이야, 솔직히 마왕님 따위는 어떻게 되건 상관없었거든. 그냥 다른 사람들한테 맞춰서 적당히 일했을 뿐이니까."

정말로 어떻게 되건 상관없다는 듯이 말했다.

사실 마왕군은── 도저히 하나로 단결된 조직이라고 할 수 없는 집단이었다.

마왕이라는 다른 자들과 차원이 다른 힘을 가진 독재자가, 그 압도적인 힘을 이용해서 억지로 뭉치게 만들었을 뿐인 집단.

개중에는 진심으로 마왕을 숭배하는 자도 있었지만, 힘이 두려워서 어쩔 수 없이 따르는 자, 틈을 봐서 마왕을 죽이려는 자, 그냥 휩쓸릴 뿐인 자, 사대주의자…… 등등, 다양한 생각을 지닌 자들이 있었다.

힘에서는 뒤떨어지는 인류가 어떻게든 마왕군과 싸워나갈 수 있었던 것은, 마왕군이 조직으로서 미숙하다는 점도 큰 요인으로 작용했었기 때문이다.

"아~ 진짜 실수했다니까. 설마 마왕님이 인간한테 질 거라고는 꿈에도 몰랐으니까. 그럴 줄 알았으면 빨리 인간 쪽에 붙어서 재미라도 좀──."

"……릴리일라. 넌 어째서 젊은 남자를 덮쳤지."

릴리일라의 이야기를 무시하고, 시온이 물었다. 그냥 두면 언제까지고 혼자서 계속 떠들 것 같았기 때문이다.

"왜기는…… 아핫."

릴리일라는 잠깐 이상하다는 표정을 지은 뒤에── 못 참겠다는 것처럼 웃었다.

고혹적이고 음탕한 웃음이었다.

"용사 군, 우리 음마한테 그 질문은 『왜 매일 밥을 먹나요?』라고 묻는 거나 마찬가지거든?"

"…………."

"수컷 거시기를 빨고 또 빨아서 정액이랑 같이 생명력까지 짜내는 게, 음마라는 생물이야."

자랑도 자학도 아닌, 그저 사실만을 말하는 것처럼, 릴리일라가 말했다.

음마.

마계에 존재하는 고위 마족의 일종.

암컷밖에 없는 그녀들은, 적극적으로 다른 종족과 성적인 교섭을 추구한다.

"음마의 습성과 생태는 알고 있어. 그렇다면 다른 질문을 하지. 왜 굳이 인간계까지 와서 인간을 덮쳤지? 수컷이 필요하다면, 마계에도 얼마든지 있을 텐데?"

"그렇게 진지한 얼굴로 물어봐도…… 딱히 이유는 없는데? 가끔씩 좀 특이한 걸 먹고 싶었을 뿐이야. 바로 얼마 전까지 오크랑 진하게 놀았더니, 이번에는 좀 개운한 걸 먹고 싶어졌을 뿐이지."

"…………."

너무나 생각이 없고 천박한 이유에 시온이 눈살을 찌푸렸더니,

"하아…… 넌 정말 변함이 없구나, 릴리일라."

아르셰라가 깊은 한숨을 쉬었다.

"네가 좀 더 성실하고 좀 더 양식과 절도라는 걸 알았다면, 난 너를 내 부관으로 삼고 싶었는데."

"아하하. 말도 안 돼요, 그런 건. 저는 성실하게 일하는 건 죽어도 못 해요. 매일 이런저런 거시기를 먹고 싶을 뿐인 여자예요. 어떤 의미에서 보면, 누구보다 성실하게 음마 짓을 하고 있잖아요?"

"……그렇구나. 어떻게 보면 누구보다 음마다운 것이 너였지. 정말 하나도 변함이 없구나."

"그나저나, 제가 변함이 없는 게 아니라── 아르셰라 님이 변한 게 아닌가요?"

릴리일라가 말했다.

어딘가 차가워 보이는 눈으로.

"예전에는 오만하고 냉혹한 여왕님이라는 느낌이었는데, 지금은 왠지…… 인간 같은 얼굴이거든요."

"……그럴지도 모르겠네."

아르셰라가 부드럽게, 쓸쓸한 미소를 지었지만,

"뭐라더라…… 아마, 용사 군한테 미인계를 걸었을 때 부터였나, 아르셰라 님이 변하기 시작한 게."

"──."

릴리일라가 별 생각 없이 말한 순간, 아르셰라의 웃는 얼굴이 얼어붙었다.

"마왕님 명령으로 인간 수녀로 변해서, 용사 군을 유혹하고 농락해서 맛있게 먹을 예정이었는데…… 그게 하나도 마음대로 안 됐고, 오히려 아르셰라 님이 용사 군한테 홀라당 넘어가서. 아마 그때 이름이 『엠마』였던── 우으읍!"

"후…… 후후후, 역시 팔다리만이 아니라 입도 묶어뒀어야 했구나."

릴리일라 뒤쪽으로 간 아르셰라가, 어디선가 꺼낸 천으로 입을 막았다. 상당히 당황한 것 같다.

'……여전히 『엠마』 시절을 흑역사로 생각하고 있나보네."

마음속으로 탄식하면서, 시온은 과거의 일을 떠올렸다.

시골 교회에서 만났던 수녀 누나── 엠마.

그 정체는──『사천여왕』의 필두, 아르셰라였다.

마왕의 명령에 의해, 그녀는 인간으로 변해서 용사에게 접근했다.

용사로부터 인간 쪽의 정보를 얻어내기 위해── 그리고, 『바빌론』이 지닌 극상의 색향을 이용해서 무구한 소년을 농락하기 위해.

시온은 그 정체를 알아차리지도 못한 채 그녀와 거리가 가까워졌고, 『엠마 누나』라고 부르며 좋아하게 됐는데──

"헉, 헉…… 실례했습니다, 시온 님. 이 자가, 영문 모를 망언을 늘어놓기에."

"아르셰라…… 그때 있었던 일 말인데, 난 이제 신경 안 쓰거든?"

누나처럼 좋아했던 수녀의 정체가 마왕군 간부고, 자신에게 잘 대해줬던 건 전부 마왕의 명령이었다── 그 사실이 판명된 순간에는 당연히 큰 충격을 받았다. 신뢰하던 상대에게 배신당한 충격은, 소년을 절망의 늪으로 몰아넣었다.

　'……하지만, 이미 끝난 일이야.'

　그 뒤에 우여곡절을 거쳐서 시온은 이미 아르셰라를 용서했고, 배신당한 과거도 받아들였다.

　하지만. 아무래도 아르셰라 쪽은 아직까지도 죄악감을 품고 있는지, 『엠마』로 지냈던 시절을 흑역사로 취급하고 있다.

　"하, 하지만, 아무리 마왕의 명령이었다고 해도, 제가 시온 님을 속이고, 상처 입힌 것은 사실이니까…… 그리고."

　"그리고?"

　"제…… 제게도, 연상 여자로서의 자존심이 있다고나 할까요……. 솔직히…… 이쪽은 온 힘을 다해서 유혹했는데, 전혀 통하지를 않고, 오히려 제가…… 그러니까, 그게, 저기…… 아으……."

　아르셰라는 얼굴이 새빨개져서 고개를 숙였다. 그녀를 괴롭히는 『연상 여자의 자존심』이 구체적으로 어떤 것인지, 어린 소년은 이해할 수가 없었다.

　음마.

　마계에 사는 암컷밖에 없는 고위 종족.

　그 생태는 인간계의 생물로 비유하자면── 꿀벌에 가깝다고 한다.

　꿀벌의 집에는 번식기에만 태어나는 수컷 벌을 제외하면, 한 마리의 여왕벌과 수많은 일벌로 구성된다.

그 역할 분담은 아주 간단하다.

여왕벌이『생식』, 일벌이『그 이외의 전부』.

둥지를 만들고, 유충을 돌보고, 꽃가루와 꿀의 채집, 외적과의 전투…… 생식 능력이 없는 일벌은 벌집을 유지하기 위해서 그 평생을 바치고, 군체로서의 역할을 다한다.

한편 여왕벌은 꿀벌이 모아온 먹이를 영양으로 삼아, 다음 세대의 자식을 낳는 여왕으로서의 역할을 다한다.

음마라는 종족 또한 여왕과 그 외의 개체로 구분된다.

단 한 사람의 여왕──『바빌론』과 그 외의 음마.

보통 음마에게는 생식 능력이 없어서, 아무리 남자와 교접을 해도 뱃속에 자식이 깃드는 일이 없다.

유일하게 생식 능력을 지닌 여왕은 다른 음마들이 모아온 생명력을 영양으로 삼아, 때가 됐을 때 다음 세대의 자식들을 낳는다.

현존하는 음마들은 전부 선대『바빌론』이 혼자서 낳았다고 전해진다.

그리고 현재의 여왕은 그 이름이『아르셰라』라고 한다──

'음마, 라……. 다시 생각해보면 아르셰라 말고 다른 음마와 제대로 말해본 건 처음인지도 모르겠네. 적으로서 싸운 적은 몇 번인가 있지만.'

계단을 내려가면서 혼자 생각하는 시온.

메이드들과 저녁 식사를 마친 뒤에 다시 릴리일라가 있는 지하실로 내려왔다.

손에는 남은 음식인 빵과 수프를 들고.

그냥 식사를 가져다주는 정도라면 다른 사람에게 부탁해도 되지만── 시온 자신이, 좀 더 릴리일라와 이야기하고 싶었다.

'……난 어떻게 해야 좋을까.'

그녀의 처우를 어떻게 해야 할지 고민하고 있었다.

인간에게 해를 끼치는 마족은── 보통 말이 필요 없이 극형에 처한다. 기사단에 넘기면 기뻐하면서 숙청하겠지.

하지만 지금의 시온은 그렇게까지 인간 쪽의 정의를 맹신하지 않았다.

'어쨌건, 빨리 결단을 내려야겠지.'

고위 마족인 음마라면, 한 달 정도 저택에 둬도 에너지 드레인의 영향은 없지 않을까── 그래도 언제까지나 계속 질질 끌어도 안 되겠지.

놓아줄까. 죽일까.

시온이 결단을 내려야만 한다.

그런 생각을 하면서 계단을 내려가서, 문을 열었다.

"──우으으으읍"

도망 방지용 결계에 갇혀 있던 릴리일라는, 시온을 보더니 누워 있던 몸을 벌떡 일으켰다.

"아, 입을 막아놨었지."

시온은 결계를 해제하고, 가지고 온 음식을 바닥에 내려놓은 뒤에 입에 물려놨던 천을 풀어줬다.

하는 김에 팔다리의 구속도 풀어줬다.

"푸하…… 흐아~ 죽다 살았네~."

"남은 음식을 가지고 왔는데. 먹겠나?"

"먹을래!"

배가 고팠던 건지, 릴리일라는 엄청난 기세로 음식을 먹었다. 순식간에 빵을 다 먹어치우고, 수프도 꿀꺽꿀꺽 다 마셔버렸다.

"흐아~ 맛있다. 그런데 이래도 돼, 용사 군? 내 팔다리를 자유롭게 풀어주고."

"걱정 안 해도, 이 거리라면 네가 무슨 짓을 하려고 해도 소용없어. 내가 더 빠르니까."

묶여 있는 채로 먹여주는 것도 귀찮아서 구속을 풀어줬다.

단지 그것뿐이다.

"하항~ 그렇구나. 역시 용사 군이네."

릴리일라는 질렸다는 것처럼 웃었다.

그리고는 스스슥, 하고 거리를 좁혔다.

"그렇게 강하고 멋진 용사 군한테 부탁이 있는데 말이야······ 나, 풀어주면 안 될까?"

"안 돼."

시온은 딱 잘라서 말했다. 자기 마음속에서는 결론을 내리지 못했지만, 그렇다고 그 우유부단한 점을 상대에게 들킬 수도 없다.

"그러지 말고오······ 응, 부탁해에. 풀어주면, 나, 뭐든지 해줄 텐데 말이야."

요염하게 입술을 일그러트리고, 귓가에 속삭였다.

풀어진 가슴팍을 더 벌리고, 깊은 가슴골 계곡을 강조했다.

"나, 꽤 대단하거든? 여기도, 여기도, 최고."

음탕하게 웃으며, 입과 사타구니를 번갈아서 가리켰다.

"상대한 남자들은 전~부 금세 한심한 얼굴이 돼서 승천했다니까. 이 야한 몸으로, 용사 군을 몇 번이든 기분 좋게 해줄 테니까…… 응? 풀어줄 거지이?"

"안 돼."

"……쳇. 아~ 역시 안 되나."

교섭에 실패한 릴리일라는 재미없다는 듯이 한숨을 쉬었다.

"당연히 그렇겠지~ 그 아르셰라 님이 매일 밤 상대해주고 있을 테니까, 내가 이래봤자 먹힐 리가 없겠지."

"……뭐?"

"아르셰라 님, 진짜 끝내주겠지. 아무래도 음마의 여왕이니까. 가슴도 테크닉도 그곳도 나랑은 비교도 안 될 테고, 용사 군은 매일 밤 쪽쪽 빨리고 있을 거 아니겠어? 정말 부럽다. 어라…… 그런데 그렇게 되면, 아르셰라 님은 용사 군 가지고 만족하고 있다는 건가? 이런 작은 남자아이로……."

"이, 이봐……."

"헉! 설마 용사 군…… 거시기가 엄청난 건가?! 밤일에서도 용사야?! 그래, 그렇구나…… 마왕님을 쓰러트릴 만큼 엄청난 아이니까, 당연히 그쪽도 훌륭하겠네. 우와, 미치겠다…… 엄청 궁금하네! 저기 용사 군, 교섭 같은 건 안 할 테니까, 그냥, 특별한 이유도 없이, 한 판 해볼──."

"그, 그만 해!"

발정이 난 얼굴로 다가오는 릴리일라를 밀어냈다.

"······뭔가 오해하고 있는 것 같은데, 나와 아르세라는······ 그, 그런 관계가 아니야."

"뭐? 그런 관계가 아니라니?"

"그, 그러니까, 그게······ 그런 행위는 안 한다. 아르세라하고도, 다른 셋하고도."

"······뭐? 뭐라고?"

릴리일라는 극한까지 곤혹스러워하는 표정을 지었다.

"안 한다, 고? 뭐? 어라? 메이드······ 잖아? 용사 군이 아르세라 님네를 거느리고 있잖아? 메이드라면······ 그거잖아? 언제나 어디서나 원하는 때에 거시기를 들이대도 되는 성노예······."

"뭐야 그 메이드에 대한 생각은?!"

참지 못하고 딴죽을 걸었다.

"······부, 분명히 그 녀석들이 내 메이드이기는 하지만······ 난 딱히, 그런 파렴치한 행위를 하려고 같이 있는 게 아니야."

"······뭐어?"

미지의 생물이라도 보는 것 같은, 이해할 수 없는 얼굴로 생각에 잠기는 릴리일라. 그러다가 갑자기 손을 쭉 뻗어서── 툭, 하고.

건드렸다.

시온의 사타구니를.

아래에서 위로, 쓰다듬는 것처럼.

"······으, 으아아아아!"

그 행위에는 천하의 시온도 크게 동요해서, 뒤로 펄쩍 물러났다.

"아. 달려 있는데."

"뭐, 뭐뭐뭐, 뭐 하는 거야?!"

"아하하. 아니~ 이렇게 미녀들을 거느리고 있으면서 손을 안 댄다는 게 의미를 알 수 없어서 말이야. 조그맣고, 얼굴도 귀엽고, 혹시 여자앤가, 싶어서 확인해봤는데…… 진짜 남자애였네."

"큭……."

미안한 기색도 없이 웃는 릴리일라와 노려보는 시온.

"그런데 말이야…… 용사 군이랑 거시기를 안 한다는 건, 아르셰라 님은 어디서 성욕을 처리하는 걸까? 이 저택, 남창이라도 키우고 있어?"

"키울 리가 없잖아. 아르셰라를 너처럼 천박한 것과 똑같이 취급하지 마."

"뭐? 아니, 그게, 천박하고 아니고 얘기가 아니라."

릴리일라가 말했다.

"음마가 남자랑 그걸 안 하고 사는 건── 말도 안 되는 얘기거든."

"뭐라고……?"

"음마의 성욕은, 인간이랑 근본적으로 달라. 우리 음마는 물을 마시는 것처럼, 산소를 들이쉬는 것처럼── 남자랑 교접해서 정액을 받지 않으면 살아갈 수 없어. 그래서 유전자 레벨에서 남자를 받아들일 수 있게 돼 있지. 생김새가 예쁜 건 당연하고, 소위 말하는…… 테크닉이라든지? 그런 것도 나면서부터 갖추고 있어. 남자가 좋아하는 포인트는 본능적으로 알고. 한마디로 음마는, 처녀 때부터 전부 엄청난 테크니션인 거지."

"…………."

"그런 반면에── 정기적으로 남자와 관계를 갖지 않으면 살아갈 수가 없어. 말하자면 완전한 중독 같은 거. 뭐, 섹스리스라고 해서 죽는 건 아니지만…… 끔찍한 금단증상이 나타나지."

"그, 금단증상……?"

"나도 말이야, 예전에 사정이 있어서 한 달 정도 남자랑 못 한 시기가 있었는데…… 그건 지옥이었어. 권태감과 허탈한 느낌이 끔찍하고. 그러면서 도무지 잠을 잘 수가 없어서 헛것까지 봤다니까…… 남자랑 너무 하고 싶어서, 머리가 이상해지는 줄 알았어……."

두 번 다시 떠올리고 싶지 않은 과거가 생각난 것 같은, 진심으로 질력이 난다는 듯이, 릴리일라가 말했다.

"아르셰라 님, 같이 산 지 일 년쯤 됐다고 했던가?"

"그, 그래……."

"일 년이라. 만약 그동안에 용사 군이나 다른 사람이랑 한 번도 안 하고 참았다면…… 아무리 『바빌론』이라고 해도 슬슬 한계 아닐까? 얼핏 봐선 모르겠지만…… 지옥 같은 금단증상을 견디고 있는 건지도 모르고."

"…………."

머릿속에 떠오른 것은 최근에 봤던 아르셰라의 컨디션 난조.

얼굴이 새파래져서 비틀거리고, 쓰러질 뻔했다.

본인은 그냥 수면 부족이라고 했는데──

'설마…… 금단증상이었나?'

인간은 이해할 수 없는, 금마 특유의 성적 충동—— 그것을 계속 억누른 끝에 육체에도 문제가 생긴 걸까.

참기 힘든 금단증상을, 어떻게든 참아온 결과려나.

"음~ 도무지 모르겠네~. 왜 무리해서 금욕을 하는 걸까? 용사 군이 거절한다면, 그냥 적당한 수컷을 잡아서—— 아, 그건 무리겠구나."

살짝 고개를 저은 뒤에 릴리일라는,

"바람피운다, 고 하던가? 인간들은."

그렇게 말했다.

"용사 군이 너무 좋아서, 너무 소중해서, 그래서 다른 남자한테는 손을 못 대는 건지도 몰라. 아무래도 뭐, 널 위해서 모든 과거도 긍지도 버리고 인간계에서 인간 행세를 하면서 살기 시작했을 정도니까."

사랑받아서 정말 부럽다, 용사 군.

릴리일라는 그렇게 말했다.

무슨 업보인지, 그날 밤 같이 자기 당번은 아르셰라였다.

"그만 잘까요, 시온 님."

"아…… 그, 그래."

침실에서, 침대로 오라고 하는 아르셰라.

차림새는 거의 알몸에 가까운 네글리제. 처음 봤을 때는 크게 동요했었지만, 최근에는 많이 익숙해졌다── 고 생각했는데.

'아, 안 되겠다, 똑바로 볼 수가 없어……!'

익숙해졌다고 생각한 옷이, 익숙해졌다고 생각한 몸이, 평소보다 선정적으로 보인다. 머릿속에서는 릴리일라가 했던 말들이 빙글빙글 맴돌고, 심장은 엄청나게 빠르게 뛴다.

"무슨 일이라도 있으신가요, 시온 님?"

걱정하는 눈으로 자신을 바라보는 아르셰라에게, 시온은 창피한 기분과 함께 복잡한 기분이 들었다.

'아르셰라…… 넌 지금도, 괴로워하고 있는 거야?'

태연해 보이는 얼굴 뒤에서는, 음마 특유의 성적 출동과 싸우고 있는 걸까.

지옥 같이 괴롭다는 금단증상을, 필사적으로 견디고 있는 걸까.

"……아르셰라."

시온은 주먹을 꽉 쥐고, 결의를 담아서 말했다.

"예. 왜 그러시나요?"

"넌…… 나, 나를 좋아해?"

"……예?"

눈이 휘둥그레져서 경악하는 아르셰라.

"어어, 어쩐 일이십니까, 갑자기……."

"대, 대답해줘. 중요한 일이야."

"예에……?"

수치심을 견디면서 필사적으로 말하는 시온에게, 아르셰라는

곤혹스러워하는 표정을 보이면서도,

"……예, 물론, 좋아…… 합니다."

그렇게, 얼굴을 붉히면서 대답해줬다.

"그, 그렇구나."

"예…….'

"음…….'

"아…… 아하하. 왠지 창피하네요. 새삼 이런 얘기를 하니까."

어색한 분위기를 견딜 수가 없는지, 얼버무리려는 것처럼 웃는 아르셰라.

"나도 아르셰라가…… 싫지는 않아."

"……시온 님."

"그러니까, 만약 네가 괴로워하고 있다면…… 최대한 도와주고 싶어."

시온이 말했다.

"아르셰라. 뭔가, 나한테 숨기는 것 없어?"

"예…….'

"뭔가……를, 참고 있는 건 아니고?"

"——."

핵심에 다가가는 질문을 던지자, 아르셰라는 깜짝 놀라서 몸이 굳어졌다.

"그, 그건."

"……역시, 그랬나."

"알고 계셨나요?"

부끄러워하며 묻는 아르셰라에게, 힘차게 고개를 끄덕였다.

"최근 며칠 동안 몸이 안 좋았던 것도…… 그것 때문이지?"

"…………."

"왜 말하지 않았어?"

"……며, 몇 번이나 말씀드릴까 했습니다. 하지만…… 역시, 아무리 해도, 입 밖에 내기가 꺼려져서……."

부끄러워하며 말하자, 시온은 자기가 실수했다는 걸 깨달았다.

'당연하지. 성적 충동 때문에 괴로워하고 있다는 말을 어떻게 하겠어.'

함부로 입에 담을 수 있는 말이 아니라고 생각한다. 하지만―음마와 인간은 성욕의 시스템이 근본적으로 다르다는 것 같다.

꺼려야 할 이야기가 아니라―― 인간으로 말하자면 굶주림과 갈증에 가까운, 생체기능의 근간에 자리 잡은 문제겠지.

그 누구에게도 고민을 토로하지 못한 채, 아르셰라는 혼자서 계속 괴로워했다.

그런 아르셰라를―― 그냥 둘 수는 없다.

"아르셰라. 난 너를 돕고 싶어."

시온이 말했다.

갈등과 수치심을 전부 참고, 마음을 다잡고.

"네 괴로움은…… 나, 날 이용해서, 풀 수 있는 것이지?"

"무, 무슨!"

아르셰라는 눈이 휘둥그레지고, 두 손으로 입을 가리며 노골적으로 당혹스러워했다.

"시, 시온 님…… 본인이 무슨 말씀을 하시는지, 아, 알고 계신 건가요?"

"아, 알고 있다고, 생각해……."

아무래도 목소리는 떨린다.

심장은 믿을 수 없을 만큼 거세게 뛰고.

흥분—— 보다는 공포와 불안이 더 크다.

지식으로서는 알고 있지만, 그것은 정말 최저한의 지식을 알고 있을 뿐.

어린 소년에게는 모든 것이 미지의 세계다.

"세상에…… 마, 마음은 정말 기쁘지만…… 저 자신의 욕망을 해소하기 위해, 시온 님을 이용할 수는……."

"괜찮아. 나는…… 더 이상, 괴로워하는 너를 보고 싶지 않아."

시온이 말했다.

"나, 나를, 네 욕망을 푸는 데 써줘."

"시온 님……."

귀까지 새빨개져서, 그래도 각오가 담긴 목소리로 말하는 시온을 보며, 아르셰라는 감격한 표정을 지었다.

"……알겠습니다."

잠깐의 망설임을 보인 뒤에, 아르셰라도 각오한 표정으로 고개를 끄덕였다.

"저도, 부탁드리겠습니다, 시온 님. 오늘 밤에는 부디, 제 끓어오르는 욕망이 풀릴 때까지 함께 해주십시오."

"으, 응……."

온 몸이 경직돼버리는 시온.

막상 허락하고 나니, 불안과 긴장이 단숨에 거세졌다.

"아, 아르셰라…… 나, 난, 이런 건, 그러니까…… 처, 처음이
니까, 그게……."

"알고 있습니다. 걱정하지 않으셔도 제가 전부 가르쳐드리겠습
니다. 그러니…… 부디, 그 몸의 모든 것을, 제게 맡겨 주십시오."

"응…… 부, 부탁, 할게……."

긴장해서 뻣뻣해진 시온에게, 아르셰라가 상냥하게 감싸는 것
같은 목소리로 말했다. 하지만 그 눈동자 속에서는 격렬한 욕정
의 불길이 타오르고 있었다.

두 사람의 기나긴 밤이 시작됐다.

"뭐…… 아, 아르셰라. 가, 갑자기 옷을……."

"옷을 벗어야 할 수 있으니까요, 시온 님."

"자, 잠깐…… 그, 그런 데를……."

"괜찮습니다. 아무것도 걱정하실 것 없어요. 전부 제가 해드릴
테니까. 시온 님은 아무 것도 할 필요 없이, 천장의 얼룩 숫자라
도 세고 계세요."

"으으……."

"자, 다음에는 시온 님── 엉덩이를 이쪽으로 돌려주세요."

"어, 아…… 자, 잠깐…… 잠깐 기다려, 아르셰라."

"정말이지. 그만 포기하세요, 시온 님."

"하, 하지만…… 역시, 이상하잖아. 나, 난 남자인데, 이런 꼴은……."

"하나도 이상할 것 같습니다. 정말 늠름해 보이십니다."

"으, 으으……."

"자, 이런 건 어떠신가요, 시온 님?"

"으윽…… 아, 아아…… 여, 역시, 이상한 기분이 들어……."

"후후후. 안심하세요. 위화감이 느껴지는 건 처음뿐이에요. 금세 익숙해질 겁니다."

극한의 수치심을 맛보는 시온과 한없는 욕정을 불사르는 아르세라가, 단 둘이 그런 대화를 펼친 뒤에──

"자. 다 됐습니다. 시온 님."

마지막 작업을 마친 뒤에, 아르세라가 거울을 가져와서 시온 앞에 놨다.

거울에 비친 것은── 미소녀, 였다.

절세, 라는 표현을 붙여도 좋을지도 모른다.

프릴이 잔뜩 들어간 귀여운 디자인의 드레스. 그러면서도 치마 길이는 상당히 짧아서, 가늘고 하얀 허벅지가 드러나 있다.

수치심에 얼굴이 빨개지면서도 아름다운 의상으로 꾸며진 미소녀가, 거울 속에서 멍한 표정으로 서 있다.

"아아…… 대, 대단해. 정말 훌륭합니다……! 조, 존엄해요……!"

아르세라는 감격한 목소리를 내며 그 자리에 주저앉았다. 자신이 이 세상에 태어난 의미를 찾아낸 것 같은, 더할 나위 없이 황홀한 표정이었다.

"이, 이렇게 행복한 일이 있어도 되는 걸까요……? 아아, 정말이지, 지금 이 순간에 죽더라도 일말의 후회도 없습니다……!"

"……으으. 아르셰라. 여, 역시 창피하다, 이건."

"하나도 부끄러울 것 없습니다, 시온 님. 정말 잘 어울리시는데요?"

"그, 그럴 리가 없잖아. 남자인 내가, 이런……."

"아니요. 잘 보세요. 정말로 잘 어울려요."

그 말을 듣고, 다시 한번 거울을 봤다.

지금까지 본 적이 없는 자신이, 거기에 서 있었다.

분명히, 잘 어울린다는 생각도, 안 드는 건 아니다.

이 모습이야말로, 자신의 원래 모습인 것 같은──

"──잠깐, 이게 뭐야."

하마터면 위험한 문을 열어버릴 뻔했던 순간에 간신히 멈춰서서, 온 힘을 다해서 딴죽을 걸었다.

많이 늦은 것 같기도 하지만.

"뭐야…… 뭐, 뭐냐고 이건? 왜 내가 이런 옷을 입고 있는데?"

그 뒤로──

두 사람이 좋은 분위기가 된 뒤에, 아르셰라는 일단 자기 방으로 돌아갔다.

그리고 콧김을 거칠게 내뿜으며, 하늘하늘한 여자아이용 옷을 가지고 왔다. 시온이 아르셰라가 시키는 대로 했더니, 어느샌가 훌륭하게 여장을 해버리고 말았다.

"왜냐고 하셔도…… 시, 시온 님이 그렇게 하라고 말씀하시지 않았던가요?"

"뭐라고……?"

"『뭔가 참고 있는 건 아닌가』라고 물으셨고, 그리고 본인을『욕망을 푸는 데 써줘』라고 말씀하시지 않았나요. 그래서 저는……
실컷, 시온 님을 여장시키면서 즐겨볼까 하고……."

"……자, 잠깐만. 여, 영문을 모르겠거든?"

"예, 예에? 어째서인가요? 시온 님은, 모르셨나요? 제가……
이 드레스를 샀다는 걸."

"…………."

전혀 모르는 이야기였다.

"며칠 전의 일입니다. 시내에 장을 보러 나갔다가 이 드레스를
보고…… 도저히 참지 못하고 충동 구매를 해버렸습니다. 틀림없
이, 시온 님께 어울릴 것 같아서."

갑자기 이상한 이야기가 튀어나왔다.

어째서 시온한테 여자 옷이 어울릴 거라고 생각했을까?

"밤중에 조금씩 작업해서 치수를 맞췄습니다만…… 역시, 갈등
이 돼서. 이런 의상을 주인님께 권하는 것이…… 실례가 아닐까
하고."

최소한의 상식은 있는 것 같다.

"그 뒤로 매일 밤 고민과 갈등을 계속하느라, 잠도 못 자는 나
날을 보냈습니다……."

"너, 그딴 것 때문에 고민했던 거냐…… 아냐, 잠깐만! 그
럼…… 뭐야? 아르셰라의 몸 상태가 안 좋아 보였던 건…… 정말

로 그냥 잠을 못 자서 그랬던 거야?"

"예. 그렇게 말씀드리지 않았나요. 그냥 잠이 부족했다고, 대단한 일은 아니라고."

깜짝 놀라서 말하자, 시온은 더더욱 영문을 알 수 없었다.

"……자, 잠깐만. 그럼, 금욕의 금단증상은……."

"금욕? 금단증상?"

"아니, 그러니까…… 너, 너희 음마는…… 그러니까, 정기적으로, 남자랑 교접할 필요가 있는 게 아닌가? 그러지 않으면, 참기 힘든 금단증상이 온다고……."

"하아……. 분명히 보통 음마라면 그렇겠습니다만…… 제 경우에는 조금 사정이 다릅니다. 저는 보통 음마가 아니라── 그 여왕 『바빌론』이니까요."

뭔가 영문 모를 표정을 지은 채, 아르셰라가 설명하기 시작했다.

"보통 음마한테는 다른 종족의 수컷과 관계를 맺고 에너지를 모아서 『바빌론』에게 바친다는 역할이 있습니다. 강한 성적 충동이나 금욕에 의한 금단증상은, 그녀들을 강제로 일하도록 만들기 위한 것입니다."

하지만, 하고 설명을 계속했다.

"저는 모은 에너지를 받아들이는 개체니까요. 보통 음마처럼 금욕에 의한 금단증상 같은 것은 없습니다."

"그, 그랬구나……."

"예…… 뭐 그래도, 그…… 부, 부끄럽게도, 인간이나 다른 마족의 암컷보다는, 훨씬 성욕이 강하다고 생각합니다만—— 아, 시온 님?"

시온은 그 자리에 주저앉았다.

긴장이 풀리고, 온몸에서 힘이 빠져버렸기 때문이다.

'마, 말도 안 돼. 뭐야, 이 한심한 얘기는⋯⋯?'

아르셰라의 상태가 안 좋았던 건 단순한 수면 부족 때문에. 그것도 시온한테 여장을 시킬까 말까 하는 지극히 쓸데없는 고민 때문에.

음마라는 종족의 생태와 관계된 일이 아니었다.

진지하게 생각하고, 온갖 각오를 다진 자신이 너무나 허무해졌다.

'젠장. 릴리일라 그 자식⋯⋯ 전부 그 자식 때문이야!'

지하실에 가둬둔 음마에 대한 분노를 불사르는 시온을, 아르셰라가 이상하다는 듯이 쳐다봤다.

"저기, 시온 님? 괜찮으신가요?"

"⋯⋯그, 그래. 괜찮아. 아무래도, 내가 착각했던 것 같아."

"착각?"

아르셰라는 생각에 잠기는 표정이 됐다.

시온은 큰일 났다, 라고 생각했다.

"⋯⋯저는 제가 드레스를 샀다는 사실을 알아차리셨다고 생각했는데, 그게 아니었던 것 같군요. 음마⋯⋯ 금욕, 금단증상⋯⋯? 욕망을 푸는 데—— 헉!"

알아차렸다는 목소리가 터져나온 순간, 시온의 수치심이 한계를 넘어섰다.

"서, 설마 아까 그 말씀은── 그런 의미였나요?!"

"~~~!"

시온은 그 자리에서 도망쳤다. 급하게 옷을 벗어던지고, 침대 위로 뛰어 올라가서, 이불을 머리까지 뒤집어쓰고 숨었다.

"아아! 시온 님! 저, 정말 죄송합니다! 제가, 주인님께 이 무슨 창피를……!"

"……차, 창피라고 하지 마! 아, 아냐…… 아니라고! 전혀, 그런 거 아니니까!"

"하지만, 그게…… 설마 시온 님이 저를 유혹하시리라고는, 꿈에도 생각하지 못했기 때문에……. 아…… 기껏 시온 님이 그럴 마음이 드셨는데, 제가 이 무슨 아까운 짓을……! 아~~ 으~~ 시온 님, 용서해 주세요오! 그리고, 저기…… 다, 다시 한번 기회를 주세요!"

"……시끄러. 난 이제 몰라."

"부, 부탁드립니다, 한 번만 더! 뭐, 뭐든 해도 좋고, 뭐든지 해드릴 테니!"

"……몰라. 나 잘래."

"이럴 수가……! 시온 님……! 시온 니임……!"

천재일우의 기회를 놓쳐버린 아르셰라는 피눈물을 흘릴 기세로 호소했지만, 삐쳐버린 시온은 아침까지 이불 속에 틀어박혀 있었다.

다음날 아침──

시온은 또다시 지하실에 있는 릴리일라에게 식사를 가지고 갔다.

결계와 구속을 풀어주고는 가지고 온 빵을 줬다.

바닥에 던져서.

"먹어."

"어, 응……? 요, 용사 군, 왜 아침부터 그렇게 화가 났어?"

"닥쳐. 너 때문에, 난…… 나는……!"

"어…… 영문을 모르겠네~. 잘 먹겠습니다~."

시온은 어젯밤의 치욕을 떠올리고 분노해서 부들부들 떨었지만, 릴리일라는 관심 없다는 듯이 바닥에 떨어진 빵을 먹기 시작했다.

겨우 화가 가라앉은 뒤에, 시온은 깊은 한숨을 쉬었다.

"넌 기사단에 넘기기로 했다."

"으에에?!"

"이젠 나도 몰라. 죽고 싶지 않으면 기사단 놈들한테 필사적으로 목숨을 구걸해."

"……너, 너무해에."

아무리 고위 마족인 음마라고 해도, 시온의 술식으로 팔다리를 구속한 상태로 넘기면 기사를 상대로 날뛰지도 못하겠지.

딱히── 어제 있었던 일 때문에 화풀이 하려는 게 아니다.

결국 이 결단이 제일 무난하겠지.

사람들에게 해를 끼친 마족을 풀어놓을 정도로 무책임한 사람도 아니고, 그렇다고 직접 손을 쓸 정도로 철저한 정의감을 지닌 것도 아니다.

책임에서 도망치는 것뿐인 비겁한 선택일 수도 있지만, 그것이 지금의 자신에게는 최선의 선택이라고 생각한다.

"그런 데 끌려가면 틀림없이 죽을 거라고~. 부탁이야, 용사군. 좀 봐줘!"

"안 돼. 사람에게 해를 끼친 너를 방치할 수는 없어."

"뭐…… 해라고 해도, 별로 한 것도 없는데~. 인간 수컷한테 조~~금 기분 좋게 해줬을 뿐이거든. 전부 합의하고 한 일이고——."

릴리일라가 말했다.

별생각 없이, 하지만 결코 그냥 넘어갈 수 없는 말을.

"——내가, 누굴 죽인 것도 아닌데."

"……뭐?"

시온은 자기 귀를 의심했다.

"무슨 소리야? 안 죽였다고? 넌…… 남자를 잡아서 정기를 짜내고 죽였던 게 아닌가?"

남자와 관계를 맺고 정기를 채집했다는 것까지는 인정했다.

그래서 비스테아의 행방불명 사건과 연결해서, 릴리일라가 다수의 남자들을 망자로 만들었다고 생각했는데——

"뭐? 그게 무슨 소리래? 난 안 죽였거든. 그냥 나한테 다가온 남자랑 그걸 했을 뿐이거든."

릴리일라는 눈살을 찌푸리고 말도 안 된다는 것처럼 말했다.

"그야 뭐…… 조~금 과하게 짜냈구나, 이 자식 다시는 인간 여자 가지고는 만족할 수 없겠구나~ 하고 생각할 정도로 놀기는 했지만── 죽을 정도로 짜내진 않았다고. 나랑 한 다섯 명은, 일단은 합의도 했고."

"다, 다섯 명……?"

앞뒤가 안 맞는 부분이 점점 더 늘어난다.

아무래도, 그렇게 간단한 일이 아닌 것 같다.

릴리일라한테서 자세한 이야기를 들어봤더니──

역시나 한 사람도 죽이지 않았다고 했다.

교회를 찾아온 남자들과 관계를 맺고, 음마로서 정기를 짜내기는 했지만 전부 산 채로 돌아갔다는 것 같다.

게다가 전부 합의하에 했다고 주장한다.

"나, 꼭 합의해야 한다고 생각하거든. 억지로 하는 건 내 취향이 아니라고 할까, 굳이 따지자면 유혹받는 걸 좋아하는 타입이라고 할까. 상대도 의욕이 있어야 나도 재미있는 거 아니겠어~."

인간뿐만이 아니라 어떤 수컷을 상대로도 단 한 번도 억지로 한 적이 없고, 당연히 목숨을 잃을 때까지 정기를 짜낸 적도 없다는 것 같다.

"솔직히 말이야~ 이런 건 역시 서로가 기분 좋아야 하는 거잖아? 상대도 기분 좋고 행복해져야 나도 기분 좋고 기분 좋고 충

족되는 기분이 드니까."

이번에 상대했다는 다섯 명의 남자도, 정기를 잔뜩 빨려서 돌아갈 때는 다리가 풀려서 비틀거렸지만, 전부 웃는 얼굴로 돌아갔다고 한다.

'물론…… 전부 거짓말일 가능성도 있지만.'

목숨을 건지고 싶어서, 입에서 나오는 대로 거짓말을 했을 가능성도 있다.

하지만 시온은 믿자고 생각했다.

왜냐하면── 릴리일라가 기억하고 있었기 때문에.

그녀와 관계를 가진 다섯 남자의 이름을.

그중에 세 명의 이름은 시내에서 행방불명됐다고 하는 열 명의 남자들 중에 존재했다.

"어~ 그야 나랑 한 남자 이름 정도는 기억하고 싶은 거 아니겠어?"

당연하다는 듯이, 릴리일라가 말했다.

'……뭐라고 말해야 좋을지.'

극한의 쾌락을 추구하는 음마이면서도 상대하는 남자에게 일정한 경의를 표하는 것처럼 보인다. 본능이 이끄는 대로 너무나 천박한 행위를 하고 있으면서도, 어딘가 미학 같은 것이 느껴진다.

릴리일라에게 있어 다른 종족의 수컷은 결국 단순한 성적 행위의 대상일 뿐이지만, 그렇다고 단순히 먹이로 생각하는 것도 아닌 것 같다.

"흐응? 그럼, 그 음마는 행방불명 사건이랑 관계없었던 거야?"

그렇게 물은 페이나에게, 시온은 "몰라"라고 대답하면서 고개를 저었다.

저택 식당──

시온, 페이나, 이브리스, 나기 네 사람은 행방불명 사건에 대해 이야기하고 있었다.

릴리일라는 이미 해방했고 저택에서 나갔다. 원래는 남자를 덮치는 음마를 풀어줘서는 안 되지만, 『꼭 합의해야 한다』는 말을 믿기로 했다.

아르셰라는 그녀를 배웅하러 갔다.

"시내에서 행방불명 된 열 명 중에 몇 명이 릴리일라와 관계를 가졌다는 건 분명해. 그녀는 다른 남자들에 대해서는 모른다고 했는데……."

"그런 말을 믿어서 어쩔 겁니까. 역~시 말이죠, 그 릴리일라라는 녀석이 범인 아니겠습니까?"

이브리스가 나른하다는 듯이 말했다.

"그 녀석이 사실을 말했다는 증거도 없지 않나요. 도련님은 사람이 너무 좋습다."

"나리마님. 어쩌면 그자 이외에도 음마가 있지 않을까요? 피해자가 젊은 남성들뿐이라면, 역시 음마가 관여했다고 보는 것이 타당하다고 생각합니다만."

나기도 추측을 입에 담았다.

시온은 두 사람의 생각을 듣고, 다시 한 번 찬찬히 생각했다.

그리고——

"……그래. 반대, 였나."

하나의 가능성에 도달했다.

"누군가가—— 릴리일라한테 죄를 뒤집어씌우려고 했는지도 몰라."

"무슨 말씀인가요, 나리마님?"

"지금 나기가 말한 것처럼 젊은 남자만 노렸다면, 보통은 음마의 소행이라고 생각하겠지. 그 고정관념을 이용한 자가 있을 가능성이 있어."

시온은 계속해서 자기 추측을 말했다.

"릴리일라는 이 근처에 온 뒤에, 남자를 끌어들이기 위해서 근처에 있는 도시에 자기 소문을 흘렸다고 했어. 그런데 그 소문을 들은 누군가가 그 존재를 이용해야겠다고 생각했겠지. 젊은 남자만 노리면, 대중들은 멋대로 음마의 소행이라고 착각할 테니까."

릴리일라가 도시를 찾아온 것은 아마도 누군가가 노린 게 아니라, 단순한 우연이었을 것이다.

하지만 누군가가—— 그 우연을 이용하려고 생각했다.

젊은 남자만 잡아가면 누구나 음마의 소행이라고 생각한다.

나쁜 일을 전부, 음마에게 뒤집어씌우려고 했다——

"즉, 음마의 존재를 방패로 삼아—— 자기 목적을 실행하려고 한 거야."

"목적…… 그게 대체 뭔데, 시 님."

"그건 아직 몰라. 또 말하자면, 뭔가를 꾸미고 있는 자의 존재도 확정은 아니야. 전부, 그냥 내 추론일 뿐이야."

억측에 억측을 거듭한, 근거도 없는 추론일 뿐이다.

하지만, 이 추론이 맞을 경우――

"……안 좋은 예감이 드는데."

마족에게 모든 것을 뒤집어씌우는 야비한 행위에서 *끈끈한 악의*가 얼핏 엿보인다.

마족의 알기 쉬운 그것보다 훨씬 끔찍한, 음험하고 음습한, 추하디 추한 인간의 악의가――

Presented by Kota Nozomi / Illustration = pyon-Kti

Genius
Hero
and
Maid
Sister

제 3 장 전직 용사는 무술 대회에 나간다

"오랜만이야. 레비우스."

시온은 자기 방 의자에 앉으며, 혼자서 중얼거렸다.

혼잣말은 아니다. 왼손에 낀 반지를 향해서 말하고 있었다. 시온이 마석을 가공해서 만든, 반지 모양 통신기다. 어느 정도의 마력을 지닌 자들이라면, 마석을 통해서 대화를 나누게 해준다.

『흥. 꽤나 짧은「오랜만」인데, 시온.』

마석에서 울리는 목소리에는 질렸다는 기색이 담겨 있었다.

"나도 놀라고 있어. 너하고는 한동안 말도 하고 싶지 않았으니까."

『하하. 너도 말이 많이 늘었는데.』

쓸쓸하게 웃는 레비우스.

얼마 전, 그가 저택을 떠낼 때 통신기를 줬다.

앞으로 뭔가 필요한 순간이 있을지도 모른다고 생각했기 때문이다. 사실 이렇게 빨리 연락하게 되리라고는 시온 자신도 생각하지 못했지만.

겨우 몇 주 전에, 서로의 추한 모습을 드러내며 죽이려 들었던 관계.

당연히 마음에 앙금이 남아 있지만── 그런 것보다 우선해야 할 일이 있었다.

『무슨 일인지는 모르겠지만 짧게 부탁한다. 너와 통신한다는 걸 들키면 이쪽도 입장이 난처해지니까.』

"걱정하지 않아도 돼. 이 통신기는 내가 특별히 만든 것이니까. 세상에 돌아다니는 것과는 마력 파장이 근본적으로 다르니까 도청당할 걱정도 없어. 그리고 주위에 대한 인식 저해 기능도 달려 있다. 이 통신기를 이용한 대화 내용은 주위에 있는 사람들에게는 전혀 상관없는 이야기로 들리게 돼 있어."

『헛. 여전히 대단한 신동이구나. 걱정해줘서 정말 고마워.』

"흥. 아직 멀었어. 작게 만드는 데는 성공했지만, 아무래도 사용자의 마력에 의지하는 부분이 커. 일반인이 쓸 수 있게 하려면 더 개량을── 아, 그게 아니지. 본론으로 들어가자."

하마터면 옆으로 샐 뻔했던 이야기를 본론으로 되돌렸다.

"비스테아의 행방불명 사건에 대한 일이다."

시온은 최근 며칠 동안에 있었던 일을 간단히 설명했다.

시내에서 일어난 행방불명 사건. 그리고 릴리일라의 존재.

용사로서 이름을 떨치고 기사단에서도 높은 자리에 있는 레비우스라면, 국내의 사건이나 범죄에 대해서도 잘 알고 있을 것이다.

어색한 상대와 연락한 목적은 정보 공유 때문이다.

『……그렇군. 비스테아의 행방불명 사건은 나도 들었다. 엘트 지방을 담당하는 기사단은 음마의 소행으로 간주하고 수사를 계속하고 있다는 것 같은데…….』

이야기를 다 들은 레비우스는 잠깐 생각하는 것 같더니,

『네 예상이 맞는다는 가정하에, 비스테아 인근에서 못된 짓을 꾸미는 놈이 있다면…… 제일 수상한 건 롬 경이겠지.』

그렇게 말했다.

롬 경── 서방 엘트 지방에 사는 변경백 중의 한 명이고, 광대한 토지를 지닌 영주이기도 하다. 비스테아에서도 상당한 힘을 지녀서, 그의 손길이 닿은 상회나 여관들이 다수 존재한다.

『롬 경에게는 예전부터 안 좋은 소문이 있었다. 시온. 「영(0)번 연구실」, 너라면 알고 있겠지?』

"『영번 연구실』이라고……!"

시온의 눈이 휘둥그레졌다.

『영번 연구실』.

마왕군과의 전쟁 중에 왕실이 비밀리에 만들었던 연구 기관이고, 표면적으로는 존재하지 않는 것으로 되어 있다.

그 존재가 숨겨진 이유는── 그 연구 내용이 너무나 추악하고 끔찍하기 때문이다.

『나도 자세한 건 모르지만…… 마족을 세뇌해서 군단을 만든다느니, 인간을 마족으로 바꾼다든지, 정말로 위험한 연구를 하고 있다는 것 같다. 사형수나 노예를 이용해서 웃을 수 없을 정도로 비인도적인 실험을 반복하고 있다는 것 같다.』

마왕군이라는 명확한 위협은── 전쟁이라는 편리한 대의명분은, 사람들에게서 윤리라는 빗장을 벗겨버렸다.

자위(自衛)와 대의를 위해서라면 인간은 얼마든지 잔혹해질 수 있다. 그렇게 돼버린다. 예를 들자면 세상을 구한 영웅을, 자신들의 안전을 위해서 세상 한쪽 구석으로 몰아낸 것처럼.

"……그런데, 『영번 연구실』은 전쟁이 끝나면서 해체됐을 텐데."

『여러모로 문제가 있었어. 얌전히 해체에 응하지 않은 자들이 많았거든. 최종적으로는 기사단이 무력을 행사해서 연구소를 강제적으로 폐쇄했다.』

"…………."

『하지만 그 잔당들은 아직도 숨어서 연구를 계속하고 있고, 그리고 롬 경이 그놈들의 연구에 자금을 대고 있다…… 그런 소문이 예전부터 들려오고 있다.』

"그렇게까지 알고 있으면서 왜 그냥 놔둔 거지?"

『소문은 어디까지나 소문이다. 명확한 증거도 없이 귀족을 처벌할 수는 없으니까. 롬 경은 왕도의 귀족들과도 연줄이 많다. 함부로 손을 댈 수는 없다고.』

"뭐야 그게……? 그렇게 불평등한 일이 있어도 되는 거야?"

『아쉽게도 그게 인간 사회라는 것이다, 세상 물정 모르는 천재군.』

빈정대는 것 같은 말에 시온은 눈살을 찌푸렸다.

『롬 경에 대해서는 나도 예전부터 조사하고 있었는데, 위쪽과의 연줄 때문에 더 이상 손을 대지 못해서 난처한 상황이다. 하지만…… 그렇군. 엘트 지방에는 네가 있었지.』

짓궂은 목소리로, 레비우스가 말했다.

『원한다면 마음껏 날뛰어도 된다, 시온.』

"……날 이용할 셈인가?"

『아니. 신뢰할 뿐이야. 너라면 틀림없이, 잘해줄 거라고.』

"흥. 말은 잘하지."

한숨 섞인 목소리로 말하며, 시온은 벽에 걸린 달력을 보고 이 번 달 초하루가 언제인지 확인했다.

그로부터 사흘 뒤—— 초하룻날.

시온은 메이드 네 명을 데리고 비스테아에 와 있었다.

평소에는 저주의 영향 때문에 저택에만 틀어박혀 있지만, 한 달에 한 번 있는 초하룻날만은 마력이 약해져서 에너지 드레인을 완전히 제어할 수 있다.

그래서 초하룻날은 메이드를 한두 명 데리고 가까운 시내로 나 가는 것이 매달 있는 행사였는데—— 이번에는 단순한 놀이가 아 니라, 특정한 목적을 지니고 시내에 나왔다.

"우와~ 대단하다, 대단해! 방 진짜 넓다! 침대는 푹신하고! 전 망도 최고! 우와, 역시 비싼 여관은 다르네!"

"너무 신났어, 페이나."

비스테아—— 번화가 고급 여관의 방.

시내에 온 뒤에, 시온 일행은 다섯 명이 묵을 수 있는 여관을 잡았다. 숙박할 생각은 아니지만, 거점으로 삼을 곳이 필요했기 때문이다.

방에는 페이나와 시온 두 사람뿐.

다른 세 명은 볼일이 있어서 밖에 나갔다.

"이번에는 놀러온 게 아니야. 마음을 좀 다잡으라고."

"아~ 예, 알아요, 일 때문이지~. 그 금발 군한테 완전히 이용당해서, 보수도 안 받고 일하는 거지~."

"……난 이용당하는 게 아니야. 내 의지로 결단한 일이니까."

뭐, 실제로는 이용당하는 것이나 마찬가지지만, 스스로 인정하는 것은 싫으니까.

침대에 걸터앉아 있던 페이나가 살짝 어깨를 으쓱거렸다.

"우리 시 님은 정말 사람이 좋다니까. 인류한테 그렇게 배신당했으면서, 아직도 정의의 사도가 되려고 하다니."

"흥. 딱히 그런 고상한 목적 때문에 움직이는 건 아니야. 이 도시는 여러모로 이용할 기회가 많으니까. 여기서 묘한 소동이 일어나면 우리 생활에도 영향을 주지. 그러니 소동은 미연에 방지한다. 그것뿐이야."

"그래, 그래. 그렇게 생각해둘게."

일부러 나쁜 사람처럼 말하는 시온을, 페이나는 못된 동생이라도 보는 것 같은 눈으로 바라보고 있었다.

그리고는 앉아 있던 침대를 살짝 두드리고,

"시 님, 여기 앉아."

라고 말했다.

"왜?"

"묻지 말고, 빨리."

"…………."

안 좋은 예감이 들었지만, 시온은 시키는 대로 침대에 걸터앉았다.

그랬더니 아니나 다를까── 꼬옥, 하고.

페이나가 가슴으로 짓누르는 것처럼 끌어안았다. 한쪽 손으로 등을 꼭 안고, 다른 한 손으로는 머리를 쓰다듬었다.

"그래, 그래. 시 님은 정말 착하네~."

"하…… 하지 마! 애 취급하지 말라고!"

손을 뿌리치고 항의했지만, 피식피식 웃을 뿐이다.

그리고는 벌렁, 침대 위에 드러누웠다.

시온의 허벅지 위에 머리를 얹고서.

"아, 으으……."

"그래도 좋다고 생각해. 시 님의 그런 점, 난 좋아."

허벅지에 머리를 맡기고, 미소를 지으며 시온의 얼굴을 바라보는 페이나는, 마치 주인에게 응석 부리는 강아지 같았다.

"그런 점이라니…… 어떤 점인데?"

"음~ 머리가 좋으면서 바보 같은 점?"

"그거, 칭찬하는 거야?"

"시 님이랑 같이 있으면 말이야, 뭐랄까…… 살면서 정말 기분이 좋거든. 지금까지 있었던 어떤 곳보다, 훨씬."

"…………."

"아마 다른 셋도 마찬가지일 거야. 그러니까 시 님은 하고 싶은 거 다 해. 우리는 알아서 돕고, 알아서 기분 좋아질 테니까."

"……페이나."

바보라는 표현에 대해 한마디 해줄까도 싶었지만, 다리를 베고 누운 페이나가 너무나 행복하게 웃고 있는 표정을 봤더니 아무런 말도 할 수 없었다.

잠시 후——

정보를 수집하러 나갔던 아르셰라와 나기가 여관으로 돌아왔다.

"——시온 님이 예상하신대로, 행방불명된 열 명에게는 젊은 남자라는 점 외에도—— 오늘 있었던 무술 대회 예선에 출전했다는 공통점이 있었습니다. 운영본부에 확인했으니 틀림없다고 봅니다."

아르셰라의 보고를 들은 시온은 "역시나……"라고 중얼거렸다.

『비스테아 무술 대회』.

이 도시에서 일 년에 한 번 개최되는, 나름대로의 규모를 자랑하는 행사다.

실력에 자신 있는 자들이 우승 상금을 노리고 토너먼트로 겨룬다. 일부 마술의 사용도 인정되는 과격하고 호쾌한 축제로, 매년 많은 부상자들이 나오고 있지만 그래도 시민들에게는 인기가 좋다.

그 무술 대회를 주관하는 운영위원회 대표가—— 비스테아의 유력가인 롬 경이었다.

"……무술 대회 예선에, 올해부터 갑자기 참가자의 혈액 검사가 의무화 됐다고 하니까. 표면적으로는 금지된 약물의 적발과 억지 때문이라고 하지만……『영번 연구실』이 관련돼 있다고 하면 얘기가 달라지지."

시온은 불쾌한 기분을 감추지 못한 표정으로 계속 말했다.

"건강한 젊은 남자를 원하는 건 음마 뿐만이 아니야── 인체 실험의 재료를 찾는 놈들한테도, 젊은 남자는 귀중한 피험체지."

"헌데 나리마님. 예선에서 탈락한 자들만 행방불명 됐다는 것은 어찌 된 일일까요? 강인한 육체를 지닌 실험체가 필요하다면, 예선을 통과하는 자를 노려야 할 것도 같습니다만."

"……글쎄. 혈액으로 뭔가를 조사해서 조건이 맞은 사람만을 노렸다든지── 아니면 본선 출전자는 남겨둬서, 오늘 무술 대회를 성립시키고 싶었던 걸까──."

거기까지 말하고, 시온은 살짝 고개를 저었다.

"이렇게 추론에 추론만 거듭해봤자 답이 나올 것 같지 않아. 역시── 나 자신이 대회에 참가해서 내부에서 상황을 보는 쪽이 좋겠지."

참가 신청은 이미 이브리스에게 부탁해뒀다.

지금쯤은 신청서 접수를 마쳤을 것이다.

"당일 신청도 가능해서 다행이었어. 예선에 참가하지 않은 사람도, 오늘 있는 당일 예선에서 이기면 대회에 나갈 수 있다는 것 같으니까."

멀리서 오는 사람들이나 사전 예선에서 탈락한 사람들을 위해, 오늘 열리는 본선 직전에도 예선이 있다.

당연히 일반적인 예선보다 훨씬 어려운 경쟁률과 조건하에 싸워야 하지만──

'뭐, 난 문제 없겠지.'

자만이 아니라 객관적으로 그렇게 생각했다.

아무리 인간들 중에서는 수준이 높은 대회라고 해도── 룰이 정해진 싸움 따위, 시온에게는 애들 놀이나 마찬가지다.

"뭐, 너무 많이 이겨도 소용없는 일이니까. 아무 문제도 없다면 분위기를 봐서 적당히 질 거야."

"아…… 그렇구나. 그런 패턴도 있네. 롬 경이 나쁜 짓을 꾸미지 않았고, 『영번 연구실』 잔당도 존재하지 않아서 오늘도 평화로운 하루로 끝났습니다, 뭐 이런거?"

페이나가 살짝 귀찮다는 듯이 말했다.

"이렇게 열심히 준비했는데 아무 일도 없으면 맥빠지겠네."

"무슨 소리야. 아무 일도 없으면 그게 제일이지."

시온이 말했다.

망설임 없는 눈으로, 당연한 일이라는 것처럼.

추론에 추론을 거듭하고 최악의 전개만을 상정하고, 너무하다 싶을 정도로 생각해서 대항책을 강구했는데── 아무 일도 없다면, 그게 제일이다.

오늘 하루도 평화롭게 끝난다면 그만큼 좋은 일은 없다.

시온 터레스크라는 소년은 진심으로 그렇게 바라고 있다.

"……아하하. 그러네, 미안해."

페이나는 가볍게 사과하면서 부드럽게 미소를 지었다. 아르세라와 나기도 온화한 미소를 지으며 시온을 바라봤다.

"헌데 나리마님. 무술 대회 같은 것에 출장하시면…… 나리마님의 얼굴을 사람을 앞에 드러내야 하지 않겠습니다."

"음……. 그러고 보니 그런가."

용사 칭호를 박탈당하기는 했어도, 어린 시절부터 비할 데 없는 재능을 발휘해서 『신동』이라고 불려왔던 시온 터레스크의 이름은, 왕도에서는 그럭저럭 유명하다.

사실 유명한 건 이름뿐이고 얼굴까지 알고 있는 사람은 적다. 그래도 혹시 몰라서, 평소에 시내를 돌아다닐 때는 후드를 깊이 눌러쓰고 정체를 숨겨왔다.

하지만 무술 대회에 출장하게 되면── 정체를 감추려고 하면 오히려 안 좋은 쪽으로 눈에 띄게 될 것이다.

"어떻게 해야 할까……."

"시온 님. 제게 생각이 있습니다."

아르셰라가 입을 열었다.

내면에서 솟아오르는 흥분을 억누르지 못하겠다는 투로.

"이런 일도 있을까 싶어서── 변장 도구를 준비해왔습니다."

그로부터 10분 뒤.

"나 왔어~."

이브리스가 여관으로 돌아왔다.

"참가 신청은 했어~ 본명으로 하면 귀찮을 것 같아서, 적당한 이름으로. 아~ 그럼 난 할 일 다 했으니까, 잠깐 한숨 자도── 어?"

나른한 태도로 방에 들어온 이브리스는, 시온의 모습을 보더니 깜짝 놀라서 눈이 휘둥그레졌다.

몇 초 동안 침묵한 뒤에, 웃음을 터트렸다.

"……품. 아하하하하. 뭐 하는 겁니까 도련님? 뭐죠, 그 차림은? 드디어 그쪽에 눈을 뜬 건가요? 아하하."

"우, 웃지 마라! 아, 아니다, 아니라고…… 이, 이건 내 취미가 아니란 말이야! 아르셰라네가 멋대로 한 거야!"

얼굴이 새빨개져서 소리친 시온은── 귀여운 여아용 드레스를 입고 있었다.

아르셰라가 구입했던, 그 드레스다.

머리 모양도 만지고 살짝 화장까지 한, 더할 나위 없이 완벽한 완성도── 완벽한 미소녀로 변해 있었다.

"젠장…… 아르셰라. 넌 왜 이 옷을 가지고 왔지?"

"이런 일도 있을까 싶어서."

"대체 어떤 일을 상정한 거야……?"

"정말 잘 어울리십니다, 시온 님. 아아, 이 무슨 기적인가요……. 하룻밤의 꿈이라고 포기했던 이 모습을, 또 다시 이렇게 뵙게 될 줄이야……!"

황홀한 표정을 지은 아르셰라한테는 더 이상 말이 통하지 않았다.

"우와~ 뭐야 이거~ 시 님, 너무 잘 어울려서 웃길 지경이거든. 뭐랄까, 너무 귀여워서 범죄 수준이야……!"

페이나도 이상한 스위치가 켜진 것 같다.

"……네, 네놈들, 나리마님께 너무 불경하다! 이렇게 귀여운 의상을 입으시게 하고, 이렇게 사랑스러운 모습으로 만들다니…… 그러니까…… 으, 으음. 이건, 이것대로…… 음."

평소 같으면 제지하는 역할을 맡았어야 할 나기까지 묵인해버리고 말았다.

"큭큭큭. 잘 어울립다, 도련님."

"……시, 시끄러."

놀리는 이브리스를, 시온이 눈물을 머금은 눈으로 노려봤다.

"여, 역시 싫어! 이런 창피한 꼴은 못 해!"

"하지만 시온 님, 다른 방법이 있으신가요?"

"으……."

"이 대회에는 왕도에서 초빙한 귀빈도 많이 참가한다고 들었습니다. 시온 님의 과거를 아는 자가 있을 가능성도 없지 않지요…… 하지만 이 모습이라면, 만에 하나라도 정체를 들키는 일은 없을 것입니다."

"그, 그런가……?"

"닮았다. 고 의심하는 자가 있을지도 모릅니다만, 그자도『설마 그「용사」가 굳이 여장까지 해서 무술 대회에 나올 리가 없다』고, 금세 의심을 버릴 것입니다. 여장에 의미가 없기에── 굳이 한다. 그렇습니다. 한마디로 이것은 심리적인 맹점을 노리는 책략입니다!"

"……그, 그렇구나. 일리가 있…… 는 것도 같네."

열변에 넘어가버리는 시온.

아직 석연치 않은 구석도 있었지만,

"하아…… 알았어. 됐다. 시간도 없으니까 이대로 가자."

다양한 갈등과 번뇌를 삼키고, 깊은 한숨을 토했다.

"이브리스. 신청은 잘 해뒀겠지."

"아, 예, 물론이죠. 이름은 대충 『시』라고 해뒀어요."

"『시』란 말이지. 알았어."

"잘됐네요~ 도련님. 우연이지만 여자아이라고도 할 수 있는 이름이네요."

"……하나도 안 기쁜 우연이야."

진절머리를 내며 말한 뒤, 시온은 벽에 있는 시계를 봤다.

"슬슬 대회가 시작될 시간이다. 제1광장으로 가자."

시온은 메이드들에게 그렇게 말했는데,

"어라? 도련님. 제1광장이 아니라 제3광장인데요."

이브리스가 그렇게 말했다.

"뭐? 무술 대회는 매년 제1광장에서 열렸을 텐데?"

"아뇨, 제3광장이거든요. 제가 접수에서 그렇게 들었어요. 틀림없거든요. 뭔가 변경된 게 아닐까요?"

"흠……?"

의문이 들기는 했지만, 이브리스의 말에 따라 다 같이 제3광장으로 갔다.

그리고 도착한 광장에서—— 시온은 새로운 시련을 겪게 된다.

비스테아—— 제1광장.

무술 대회장이 된 광장에는—— 많은 관객들이 모여 있었다.

광장 중앙에는 원형 무대가 설치돼 있고, 그 주위를 둘러싸는 모양으로 관객석이 마련돼 있다.

지금 무대에 올라온 사람은 호사스런 의상을 걸친 체격 좋은 중년 남성—— 무술 대회 주최자인 롬 경이다.

"——아~ 그러면 지금부터, 영예로운 비스테아 무술대회, 제23회 대회를 개최한다. 모두들, 열심히 하도록!"

주최자가 인사를 하자, 대회장은 단번에 뜨겁게 달아올랐다.

이어서 당일 참가자들의 예선이 시작됐다.

사회자의 말에 따라 늠름한 체격의 남자들이 줄줄이 무대 위로 올라왔다.

그 숫자는 스물네 명.

단 하나뿐인 당일 참가자 자격을 놓고, 이 많은 사람들이 겨루게 된다.

당일 예선의 룰은 매년 달라지는데—— 올해는 『전원이 무대 위에서 밀쳐내기 난전. 끝까지 남는 한 사람이 승리』라는 아주 단순한 것이다.

실력을 자랑하러 무대 위로 올라온 자들은, 살기 어린 눈으로 주위를 위압하면서 전투 개시 신호를 기다렸다.

마침내—— 사회자가 시작 신호를 보내자,

무대 위에서는 호쾌한 난전이 벌어졌고, 대회장은 열광의 도가니에 휩싸였다.

한편——

제1광장의 무술 대회가 뜨겁게 달아오르고 있는 그 무렵.

조금 떨어진 곳에 있는 제3광장에서도 무술 대회가 시작되려 하고 있었다.

"——어린이 여러분,『비스테아 무술 대회 어린이부』, 지금부터 시작해요~ 규칙을 잘 지키고, 사이좋게 싸워주세요!"

『예~.』

사회자 누나의 말에, 무대 위에 있는 어린이들이 힘차게 대답했다.

제1광장의 본선 대회장과 비교하면 간소하고 작은 무대—— 그 위에는 스무 명 가량의 어린이들이 모여 있었다.

하나같이 열 살 전후의 어린이들 뿐.

남녀 비율은 8대 2 정도로, 소년 쪽이 압도적으로 많다.

주위에 마련된 관객석에는 대회에 출전한 어린이들의 보호자들이 많아 보였다. 자기 자식의 활약을 기원하면서 열심히 응원하는 사람도 있고, 도시락을 들고 속 편하게 성원을 보내는 사람도 있다.

『비스테아 무술 대회 어린이부』.

약 3년 전부터 시작된, 12세 이하 어린이를 대상으로 하는 부문이다.

연령 제한이 없는 본선과 달리『마술 사용 전면 금지』『얼굴이

나 급소 공격 금지』『무대에서 떨어지면 바로 패배』등등, 안전을 고려한 여러 제한들이 존재한다.

　우승 상금도 정말 미미해서, 무술 대회라기보다는 어린이들을 대상으로 하는 축제라는 측면이 강한 이벤트다.

　"…………."

　화기애애한 분위기로 시작된『무술 대회 어린이부』.

　힘이 넘치는 어린이들 사이에── 단 한 명, 절망적인 표정을 지은 소녀가 있었다.

　화려한 의상을 차려입은 예쁜 소녀.

　대회에 등록한 이름은『시』.

　그 정체는── 정체를 숨기기 위해서 소녀로 꾸민, 시온 터레스크였다.

　'……난, 대체 뭘 하고 있는 거지?'

　시온은 죽은 생선 같은 눈으로 하늘을 바라봤다.

　이브리스의 말에 의하면, 접수할 때 이런 일이 있었다고 한다.

　"실례합니다. 오늘 무술 대회 접수, 여기서 하는 거 맞나요?"

　"맞아."

　"그럼 한 명 부탁드릴게요. 뭐라더라, 당일에 해도 되는 걸로."

　"그래, 알았어. 아가씨가 나가는 거야?"

　"아니, 제가 아니라, 우리…… 아, 뭐라고 해야 되지?"

　"어른? 아이? 어느 쪽?"

"애요, 어린애. 열 살 정도."

"알았어. 그럼 이거 적어서 저쪽에 내면 돼. 다음 사람~."

"고맙습다~ 아…… 이름, 어쩌지~?"

라는 일이.

접수창구가 아주 붐볐는지 신청서 접수는 대충 흘러가는 대로 적당히 처리돼버렸고, 이브리스도 그 성격 때문에 자세한 내용을 확인하지 않았다.

그 결과.

시온은『시』라는 이름으로, 『어린이부』에 등록되고 말았다.

『어린이부』에는 예선이 없고, 당일에 참가 신청한 사람은 누구든 출전할 수 있다. 그래서 대회장에 도착한 시온은 이래저래 하는 사이에 참가자로서 무대 위에 올라가고 말았다.

이상하게 여기는 사람은── 한 사람도 없었다.

객석에서는『쟤 귀엽다』라느니『저런 예쁜 애가 싸우다니, 괜찮을까?』같은 소리가 들려올 뿐.

'……이브리스한테 부탁한, 내가 바보였지.'

무대 옆── 선수 대기 장소에서, 시온은 혼자 절망에 잠겨 있었다.

이젠 화낼 기력도 없다.

그저…… 의욕이 완전히 사라져버린 기분이다.

'이런 창피한 꼴을 하고, 애들이나 하는 대회에 출전하고…… 난 정말, 뭘 하고 있는 걸까.'

사실 시온은『어린이부』에 출전해도 전혀 이상할 게 없는 나이이다.

하지만 시온은── 겨우 열 살에 마왕을 쓰러트린 신동.

그런 시온이 보통 아이들 사이에 섞여서 어린이들 대상 대회에 나가는 것은, 치욕 이외에 그 무엇도 아니었다.

'그냥…… 집에 가버릴까.'

반쯤 자포자기할 뻔도 했지만, 시온이 그러거나 말거나 시간은 계속 흘러갔다.

무대 위에서는 1차전 시합이 시작되고 있었는데──

『──아~ 제1시합부터 파란의 전개! 이럴 수가, 브렌 군, 무대에 올라오기 전에 울음을 터트리고 말았습니다! 역시 싸우는 게 무서워서 그럴까요…… 어이쿠, 어머니께서 등장하셨습니다! 괜찮아요, 괜찮습니다, 무서운 건 당연하니까요! 어머님, 싸움을 싫어하는 착한 브렌 군을 많이 위로해주세요! 그렇게 해서 제1시합, 렉스 군의 부전승입니다!』

제1시합은 시작하기도 전에 끝난 것 같다.

이런 사고는『어린이부』에서는 흔히 있는 일인지, 항의하는 사람은 아무도 없었다. 객석에는 평온한 분위기가 감돌고 있을 뿐이다.

『그럼 다시 분위기를 바꿔서 제2시합. 그러니까~ 시 양과 찰스 군, 무대로 올라와주세요.』

사회자 누나의 지시에 따라, 시온은 죽은 사람 같은 걸음걸이로 무대 위에 올라갔다.

아주 잠깐,

'나도 울어버리면 안 싸워도 될까?'

같은 생각이 들었지만, 마지막 자존심이 그것을 용납하지 않았다.

"오. 다음은 여자앤가. 힘내라고, 꼬마 아가씨!"

"와, 쟤 정말 예쁘다!"

"저렇게 예쁜 애가 싸울 수 있을까?"

"시오—— 아니! 시 양, 힘내세요!"

"나리마—— 아니! 무운을 빕니다! 시 아씨!"

객석에서 시온을 향해 따뜻한 성원이 날아왔다.

굳이 말할 필요도 없이, 마지막 두 사람은 아르셰라와 나기였다. 동생의 활약을 지켜보는 누나 같은 눈빛으로, 객석 제일 앞에 앉아 있다.

'……무슨 힘을 내라는 거야?'

마음속으로 한마디 하는 시온.

참고로 페이나와 이브리스는 본선 쪽에 정찰하러 갔다.

'나도 빨리 져서 저쪽과 합류해야겠어. 안 그러면…… 여기 온 의미가 없으니까.'

시온은 어떻게든 마음을 다잡으려고 했지만,

"쳇. 내 상대는 왜 여자야? 못 해먹겠네."

대전 상대 소년—— 찰스가 가시 돋은 투로 말했다

짧은 금발의 소년이다.

키는 시온보다 크고, 꽤 괜찮은 옷을 입고 있다. 보기에도 좋은 집안 자식인 것 같은데, 눈빛이 약간 사납고 입에는 이쪽을 멸시하는 것 같은 미소를 짓고 있다.

"난 말이야, 상대가 여자라도 안 봐준다고. 겁먹고 오줌 싸기 전에 항복하는 게 좋을 거야."

시온은 아무 말도 하지 않았다. 상대할 마음도 들지 않았다.

그러고 있는데 객석에서 목소리가 들려왔다.

"찰스가 상대인가. 저 아이, 불쌍하네."

"아무래도 작년 『어린이부』 우승자니까."

"성격은 그렇지만, 실력 하나는 또래 중에서 제일이니까."

"아마 왕립 마술학원 입학도 정해졌다고 했지? 대단하네."

"글쎄~ 그건 어떠려나. 연줄을 썼다는 소문도 있던데. 엄마가 엄청 손을 썼다던가."

"찰스! 마술학원 선생님도 보러 오셨으니까, 한심한 꼴 보이면 혼날 줄 알아! 상대가 누가 됐건 방심하지 말고 압승해야 한다!"

찰스는 의외로 유명한 것 같았다.

어린이라는 틀 안에서는 꽤 실력이 있는 것 같고.

"흥. 정말이지. 마마는 걱정이 너무 많다니까. 이런 누군지도 모를 여자애 상대로, 이 찰스가 질 리가 없는데."

어머니로 추정되는 목소리에 반응한 뒤에, 손가락으로 이쪽을 척, 하고 가리켰다.

"예고한다. 난 1분 안에 널 날려버리겠어."

"…………."

"뭐, 1분 동안 버티면 네가 이긴 걸로 해줄 수도 있어. 그때는 내가 항복해줄 테니까. 뭐, 그럴 리가 없지만. 하하하하."

"…………."

조소하는 찰스에게, 시온은 여전히 아무 말도 안 했다. 무표정한 얼굴로, 아무 말도 없다. 아무리 선동해도 마음이 전혀 움직이지 않았다.

'하아, 집에 가고 싶다.'

"……흥. 겁먹어서 말도 못 하나 보네."

반응이 없으니 재미가 없는지, 찰스는 더 도발하려고 했지만,

『자, 거기까지 하시고요.』

사회자 누나가 익숙한 태도로 말렸다.

『그럼 두 사람 모두 제자리로 가세요. 규칙을 지키면서 정정당당히 싸우세요. 준비, 시작!』

시합 개시 신호와 동시에── 찰스가 돌진해왔다.

1분 만에 쓰러트리겠다고 선언했으니, 서두를 수밖에 없겠지.

시온은 가만히 서 있을 뿐. 처음부터 이길 생각은 없다. 적당히 몇 대 맞아준 뒤에, 균형을 잃고 무대 밖으로 떨어지면 된다.

그렇게 생각하고, 날아오는 주먹을 가만히 보고 있었지만,

'──아냐, 안 돼!'

주먹이 배에 명중하기 직전, 몸을 뒤로 크게 빼서 주먹을 회피했다. 그 뒤에 주먹 연타가 날아왔지만, 전부 종이 한 장 차이로 아슬아슬하게 피했다.

"흥. 생각보다 좀 하는데. 아주 조금 인정해주지. 난 아직 힘을 80%…… 아니, 50%밖에 안 썼으니까."

"…………."

"이마에 땀까지 흘리고, 아주 필사적이잖아. 그래서는, 내 진심

공격에 못 버틴다고!"

'······그래, 필사적이다.'

시온은 마음속으로 투덜대는 것처럼 외쳤다.

'날 때리면······ 네가 다칠지도 모르니까!'

단련하고 또 단련한 시온의 육체는── 엄청난 방어력을 자랑한다. 몸 안에 돌고 있는 마력이 보통 사람과 차원이 다르기 때문에, 아무리 힘을 빼도 육체의 강도가 일정 수준 이하로 떨어지지 않는다.

그런 시온을 실전 경험도 없는 어린애가 때리면── 그것은 보통 사람이 맨손으로 철판을 때리는 것과 마찬가지인 행위가 된다. 틀림없이 다친다. 그래서 시온은 상대의 공격을 맞지 않고 계속 피하는 수밖에 없다.

'아주 잠깐 마력을 해방해서 기절하게 만들까? 아냐, 이기면 안 돼. 장외로 진다고 해도, 좀 더 요령껏 무대 구석 쪽으로 몰려야 하는데······ 젠장. 진짜 귀찮네. 마족이랑 싸울 때가 훨씬 속이 편했어.'

일반인 어린이라는 사상 최악의 상대 앞에서, 시온은 생각지도 못한 고전을 하고 있었다.

하지만 머릿속으로는 이것저것 생각하고 있어도, 그 움직임에는 틈이 없었다. 어린애치고는 세련된 움직임을 보이는 찰스의 맹공을, 군더더기라고는 찾아볼 수 없는 완벽한 움직임으로 회피했다.

그러고 있었더니, 객석 쪽에서도 그 화려함을 알아보는 사람이

나오기 시작했다.

"이, 이봐, 저 여자애…… 좀 대단하지 않아?"

"그러게, 아까부터 한 방도 안 맞았어. 상대는 저 찰스인데 말이야?"

"예쁘다…… 마치 춤추는 것 같아."

시온이 무의식적인 반사만으로 하고 있는 회피 행동이, 보통 사람들한테는 달인의 기술처럼 보였다.

관객들이 선망의 눈길로 시온을 바라보기 시작하자, 찰스의 얼굴에는 점점 초조한 기색이 드리웠다.

"큭…… 뭐, 뭐야?! 웃기지 말라고…… 어째서…… 내가, 이런 여자한테…… 젠장, 젠자아아아아앙!"

공격이 맞지 않는다는 초조함, 나이가 어려 보이는 소녀한테 놀아난다는 초조함, 그리고 아마도, 시합 전에 선언했던 『1분』이 다가온다는 데 대한 초조함 때문이기도 할 것이다. 찰스의 공격은 점점 단조롭고 거칠어지더니——

"어—— 풉!"

크게 휘두른 주먹이 빗나간 순간, 스스로 균형을 잃고 넘어지고 말았다. 무대 바닥에 얼굴을 세게 부딪치면서. 신기하게도 그것은 찰스가 선언한 1분, 딱 그 시간이 된 타이밍이었다.

"아. 괘, 괜찮아?"

시온이 당황해서 손을 내밀었지만—— 직후, 객석에서 실소가 흘러나왔다.

"풉, 아하하."

"이봐…… 웃으면 불쌍하잖아. 후후."

"깔끔하게 넘어졌네."

"시작하기 전에 그렇게 큰소리를 치더니.

"이봐, 정신 차리라고, 천재 소년."

"벌써 1분 지난 거 아냐?"

"뭐, 뭐 하는 거니, 찰스! 그러고도 내 아들이야?! 오늘은 학원 선생님도 와 계시다고 했잖아!"

"……큭, 으, 으윽……."

관객들의 조소, 어머니의 질책, 대전 상대의 동정──

그 모든 것들은, 어린 소년의 자존심을 꺾어버리기에 충분하고도 남을 지경이었다.

찰스는 얼굴에 극한의 치욕과 격렬한 분노를 담고서──

"으으, 윽…… 젠장, 젠장, 젠자아아아아아아아앙!"

화를 내며 소리를 지르자── 동시에 몸에서 마력이 흘러나왔다.

오른손을 중심으로 마법진이 전개되고, 마술이 발동된다.

찰스의 오른팔이 격렬한 불꽃에 휩싸였다.

『이, 이러면 안 되죠! 「어린이부」에서는 마술 사용 금지입니다! 찰스 군, 반칙패── 으아, 뜨거!』

퍼져나가는 불꽃에 떠밀려서, 사회자 누나가 도망치는 것처럼 무대에서 내려갔다.

규칙을 무시한 마술 발동에 객석이 떠들썩해졌다.

"뭐, 뭐 하는 거야 저 자식!"

"당당하게 반칙을 저지르다니, 어쩔 셈이야?"

"하지만…… 저 나이에 화염 마술을 저만큼이나 다루다니."

"역시 썩어도 천재 소년이라는 건가."

비난과 질렸다는 목소리가 대부분이었지만, 조금이나마 감탄하는 목소리도 섞여 있었다.

공포의 눈길을 느낀 찰스는 씨익, 의기양양하게 웃었다.

"홋…… 히야하! 어떠냐, 이게 내 실력이다!"

특대형 화염 마술을 조종하면서 이겼다는 듯이 외친다.

"무슬 좀 한다고 까불지 말라고, 이 망할 년! 이게 실전이었으면, 처음부터 내 압승이었다고! 알았냐!"

목적은── 단순한 힘의 과시였던 것 같다.

설욕을 풀기 위해, 꺾인 자존심을 되찾기 위해, 반칙패라는 걸 알면서도 고난이도의 마술을 썼다. 『규칙 없이 싸우면 찰스가 더 강하다』고, 대중들에게 보여주기 위해.

공격이 아니라 시위가 목적이기 때문에, 타오르는 불꽃이 시온을 덮치는 일은 없다. 치켜든 오른팔 위에서, 거대한 불구슬 모양을 유지하고 있다.

하지만──

"크큭. 아~ 역시 나오질 말아야 했다니까, 이런 시시한 대회. 마술을 쓰면 안 된다는 시점에서 그냥 애들 장난이니까. 나 같은 천재한테 규칙은 너무 답답해서── 크윽?!"

이번은 바로 찾아왔다.

조소가 순식간에 뒤바뀌고, 어린 얼굴은 고통에 일그러졌다.

머리 위에 있는 불구슬의 모양이 일그러지고, 불꽃은 미쳐 날뛰는 것처럼 주위로 흩어졌다. 게다가 술자인 찰스까지 덮치면서.

"윽…… 뭐, 야, 이거…… 끄아아악, 뜨거, 아뜨거어어어!"

제어를 잃은 마술이—— 폭주하기 시작했다.

부풀어 오른 불덩이가 미쳐 날뛰고, 관객과 숙주까지 모조리 잡아먹—— 기 직전.

"——어리석은 것이."

어느샌가 거리를 좁힌 시온이 찰스의 오른팔을 움켜쥐고, 비틀었다.

순간—— 오른손 앞에 전개돼 있던 마법진이 사라지고, 비대화하기 시작했던 불덩이가 흔적도 없이 사라져버렸다.

"마법진 구축식이 너무 조잡하고, 마력을 모으는 것도 어설퍼. 제대로 다루지도 못하는 마술을 무리해서 발동하려고 했으니 이렇게 폭주해버리는 거야."

담담하게 말했지만, 시온의 목소리에는 조용한 분노가 담겨 있었다.

"내가 마법진채로 없애지 않았으면—— 지금쯤 네 팔은 날아가 버렸어."

"크, 크으윽…… 너, 대체…… 무, 무슨 짓을 한 거야?"

"별일은 아니야. 그저 외부에서 네 마법진에 개입하고, 안쪽에서 구축식을 바꿔 써서 강제로 술식을 해제했을 뿐이지."

"마…… 말도 안 돼! 일단 발동한 마술에, 나중에 다른 사람이 개입하다니! 그런 일이, 어떻게……."

"가능해. 압도적인 역량 차이가 있다면."

마술은 마법진으로 세상과 구분하고 닫았을 때 비로소 발동한다.

그래서 일단 완성된 마법진은 외부와 완전히 격리되고, 다른 이가 안쪽에서 간섭하는 것은 불가능하게 되지만── 술자가 미숙한 경우, 마법진에『구멍』이 생기는 경우가 종종 있다.

그『구멍』을 통해 상대의 마법진에 진입하고, 안쪽에서 마법진을 바꿔 써서 마법 발동 자체를 없었던 일로 만드는 것은 가능하다.

하지만 그것은 어디까지나 이론상 가능한 일이고, 실제로는 발동한 마술의 구조를 완벽하게 이해한데다, 상대의 사고나 버릇까지 완벽히 읽어내야만 하는 신기(神技)라고 불러야 할 일인데──

『신동』이라 불리던 전직 용사에게, 이 정도는 간단한 일이었다.

"찰스. 넌 재능이 있어."

상대의 팔을 비튼 채, 시온이 말했다.

확실한 분노가 깃든 눈으로.

"무술은 소질이 있고, 마술 재능도 훌륭하지. 결과적으로 폭발하기는 했지만 네 나이에 그만한 고위 마술을 발동할 수 있는 자는 흔치 않아. 넌 타고난 재능이 있어. 그래서── 진심으로 화가 나."

격정을 담아 말하며, 오른팔에 조금 힘을 줬다. 찰스의 입에서 괴로워하는 소리가 흘러나왔다.

"타고난 재능이 있으면서, 어째서 그것을 쓸데없는 허세와 고집을 위해서 쓰지? 이런 자리에서 마술이 폭주해서…… 넌 하마터면 너 자신과 타인에게 돌이킬 수 없는 상처를 입힐 뻔했어.

"……."

"자신의 힘이 무엇을 위해 존재하는지…… 그리고 그 힘을 무엇을 위해 쓰고 싶은지. 머리를 식히고 잘 생각해봐."

"……으, 으, 으으으."

시온이 팔을 풀어주자 찰스는 바닥에 엎드려서 울음을 터트리고 말았다. 정말로 화가 난 전직 용사의 위압감에 겁을 먹은 건지, 아니면 자신의 어리석음을 깨닫고 치욕을 느꼈기 때문인지.

그 순간, 무대에서 도망쳤던 사회자 누나가 돌아왔다.

"그, 그러니까…… 어떻게 된 건지는 잘 모르겠지만, 아무튼 찰스 군은 실격이니까, 시 양이 승리했습니다!"

"…………."

자기 할 일을 다 하려는 누나의 선언에, 시온은 하늘을 우러러봤다.

'사고 쳤다…….'

이기고 싶지도 않았고, 눈에 띄고 싶지도 않았는데── 뭐가 잘못된 건지, 엄청나게 눈에 띄면서 이기고 말했다.

예상대로, 라고 해야 할까.

대기실로 돌아온 시온에게 많은 사람들이 몰려왔다.

더 이상 눈에 띄는 걸 피하고 싶었기 때문에, 다음 시합 때까지 여관에서 기다리기로 했다.

여관으로 돌아가면서── 본선 쪽을 보러 갔던 이브리스를 불러서 합류했다.

둘이 나란히 걸어가는 동안에도 시온은 상당히 어두운 표정이었다.

"……어린애 상대로 설교를 하고 말았어."

"아니, 그쪽도 어린애 아닙니까."

이브리스가 딴죽을 걸었다.

"엄청 눈에 띈 것 같던데요, 도련님. 게다가 진다고 해놓고서 이기기까지 했고."

"아냐…… 아니라고. 이럴 생각이 아니었어. 솔직히…… 그 찰스인가 하는 자식이 마술을 폭발시켜서, 구해주려면 그 방법밖에 없었다고……."

"그냥 우승해버리지 그러세요? 내일부터 천재 미소녀라고 온 동네에 유명해질 텐데?"

"웃기지 마. 솔직히…… 내가 누구 때문에 이 꼴이 됐는데?"

"아하하. 죄송함다."

『어린이부』에 출전하는 원인을 제공한 이브리스는, 미안한 기색도 없이 밝게 웃었다.

몇 분 뒤, 여관에 도착했다.

"그래서 이브리스. 본선 쪽은 어때?"

방에 들어와서, 시온이 물었다. 이브리스를 부른 것은 정찰하러 갔던 본선의 상황을 묻기 위해서였다.

참고로 불러내는 데 사용한 것은 시온이 만든 통신 마석이다. 반지나 목걸이 등의 액세서리로 만든 것을 메이드들에게 줬다.

"대충 문제 없습다. 지금은 일단 당일 예선이 끝났고, 지금부터 토너먼트를 시작한다는 것 같더라고요. 딱히 특이한 건 없어 보여요. 단지……."

"단지, 뭔데? 뭔가 신경 쓰이는 일이라도—?!"

그렇게 물으면서 고개를 돌린 시온은, 깜짝 놀라서 눈이 휘둥그레졌다.

눈에 날아 들어온 것은── 반라 상태의 이브리스.

몸에 입고 있던 상의를 벗어 던져서, 상반신에는 속옷만 입고 있다.

갈색 유방을 덮고 있는 것은 어른스러운 검은 브래지어. 면적이 상당히 적어서, 거대한 두 개의 언덕이 당장이라도 밖으로 튀어나올 것 같았다.

주저하지 않고 바지를 벗자, 팬티가 감싸고 있는 예쁜 엉덩이가 튀어나왔다. 이쪽도 어른스러운 검은 속옷이고, 면적이 상당히 적다──

"뭐, 뭐……."

"사실은 대회장에 묘한 놈들── 어라, 왜 그러십까 도련님. 얼굴이 새빨간데요?"

"왜, 왜는 내가 할 소리야! 어, 어째서 갑자기 옷을 벗는 건데?!"

새빨간 얼굴로 소리치며, 시온은 고개를 홱 돌렸다. 너무 늦어서 아름다운 갈색 나체는 망막에 완전히 새겨지고 말았지만.

"왜는요…… 아까 관객이 마실 걸 제 옷에 쏟아서, 옷을 갈아입을까 하고."

"그, 그렇다면 말이라도 하라고! 갑자기 벗는 녀석이 어디 있어!"

"아…… 쑥스러워서 그러십까?"

이브리스가 씁쓸하게 웃으며 말했다.

"정말이지…… 이제 와서 속옷 정도로 창피해하지 마세요. 벌써 몇 번이나 봤잖아요, 우리 속옷 정도는. 슬슬 적응하시죠?"

"시…… 시끄러."

"뭣하면 좀 더 봐주실래요? 신청을 잘못한 사죄로, 포즈도 취해 드릴 테니까?"

"됐어! 됐으니까 빨리 옷이나 입어!"

"아, 예, 알겠슴다."

질렸다는 것처럼 말하고, 이브리스는 옷을 입었다. "다 입었어요"라는 말을 듣고, 시온은 천천히, 신중하게 고개를 돌렸다. 아직 다 안 입었어요, 라고 놀리는 걸 경계해서 한 행동인데, 이브리스는 옷을 다 입고 있었다.

"큭큭. 진짜 귀엽다니까요, 도련님."

"……귀엽다고 하지 마. 아니지. 그래서…… 본선 쪽은 어땠어?"

헛기침을 하고 하던 얘기로 돌아갔다.

"아~ 예, 그랬죠. 뭐랄까, 대회장에 묘한 놈들이 있었거든요."

"묘한 놈들?"

"운영하는 쪽에 드나드는 하얀 가운 입은 놈들이 둘 셋 정도 있었는데, 주위 사람들한테 물어봤더니 그놈들이 예선 때 혈액 검

사 같은 걸 했다는 것 같고…… 그놈들을 보고, 페이나가── 냄새나, 라고 했거든요."

"…………."

"어지간한 의사들은 절대로 안 쓸 것 같은 위험한 약품 냄새랑…… 조금이지만 마족 냄새가 배어 있다고."

"……페이나가 그렇게 말했다면 틀림없겠지."

늑대인간인 페이나의 후각과 탐지능력은 인간과는 비교할 수도 없는 수준이다.

그러다 보니 정체를 감추고 있는 마족 등을 간파하는 힘은 시온보다 뛰어나다.

"냄새가 배어 있다는 건, 일상적으로 마족이나 그 시체를 접하고 있을 가능성이 커. 제대로 된 의사나 연구원이 아니라는 건 확실하겠지."

"슬슬 수상한 냄새가 나네요."

"그래. 본격적으로 뭔가 일어날 것 같아. 나도 『어린이부』 2차전이 끝나면 바로 갈게."

"그런 건 굳이 나갈 필요도 없이 튀면 되잖아요."

"그럴 수는 없어. 1차전에서 눈에 띄었으니까. 여기서 부전패라도 하면 괜히 이상한 소문이 날 수도 있으니까. 그러니까 2차전에서 무난하게 질 필요가 있어."

이상한 소문이 나는 걸 피하기 위해, 시온은 2차전에 출전하고 적당히 싸우다가 질 생각이었다. 관객들이 『아까는 우연이었구나』라고 생각하도록.

하지만.

그 2차전에서—— 시온은 생각지도 못한 상대와 대치하게 된다.

Presented by Kota Nozomi / Illustration = pyon-Kti

Genius
Hero
and
Maid
Sister

제 4 장 전직 용사는 마왕과 재회한다

비스테아 시내, 제3광장.

『무술 대회 어린이부』는 예년 이상으로 분위기가 달아올라 있었다.

우승이 확실하다고 생각했던 천재 소년── 찰스의 초전 탈락과, 그를 이긴 가련한 의문의 미소녀 『시』.

그녀의 존재가 어디까지나 본선의 덤에 불과했던 『어린이부』에 사람들의 관심이 쏠리게 만들었다. 유명한 미소녀를 한 번이라도 보겠다고, 제1광장에서 굳이 제3광장까지 오는 사람까지 생겼다.

"──자. 그러면 이제 2차전 제2시합입니다. 시 양과 노인 군은 무대로 올라와주세요."

그 소문의 미소녀 차례가 되자, 관객석이 크게 들끓었다.

"하하. 인기 좋은데, 우리 도련님."

이브리스는 놀리는 것처럼 웃으며 관객들 사이를 걸어갔다.

"저기요, 미안합니다, 잠깐 지나갈게…… 아. 저기 있다."

관객석에서 아르셰라와 나기를 발견하고, 이브리스는 그쪽으로 다가갔다.

"안녕. 분위기 좋은 것 같은데."

말을 걸자 아르셰라가 나무라는 것 같은 눈으로 쳐다봤다.

"이브리스…… 어째서 여기에? 당신은 본선 정찰 담당이잖아?"

"그냥, 도련님의 멋진 모습이라도 봐둘까 해서."

"정말이지, 항상 대충대충이라니까…….."

"너무 그러지 말고~ 나한텐 시시한 일 맡겨놓고, 너희들만 재미 봤잖아."

"가위바위보 해서 정한 거니까 투덜대지 말고."

"그렇다 이브리스. 우리는 정당한 승부를 통해 얻은 정당한 권리를 행사하고 있을 뿐이다."

"아, 예, 그러셨지요."

의기양양하게 말하는 아르세라와 나기에게, 이브리스는 어깨를 으쓱거렸다.

"뭐, 이 시합만 보고 저쪽으로 갈 거야. 어차피 금세 끝날── 응?"

무대 쪽으로 시선을 옮긴 이브리스가, 뭔가 이상하다는 듯이 눈살을 찌푸렸다.

"……너도 느꼈나?"

"그래."

나기의 말에 고개를 끄덕이며, 이브리스가 말했다.

"왠지 도련님…… 분위기가 이상하지 않아?"

무대 위의 시온은 ── 엄청난 위화감에 휩싸여 있었다.

얼굴은 긴장 때문에 일그러지고, 이마에는 땀이 뱄다. 마음속의 동요와 불안은 감추고 있다고 생각했는데, 그를 잘 알고 있는 메이드들이 알아차릴 만큼은 밖으로 드러나 있었다.

'……뭐지?'

이상하다.

뭔가가, 이상하다.

하지만 뭐가 이상한지를 도무지 모르겠다.

'대체 뭐야── 이 녀석은?'

의심과 두려움의 눈으로, 시온은 자신의 대전 상대를 바라봤
다.

눈앞에 서 있는 것은── 노인이라고 하는 소년.

백발의, 온화한 얼굴의 소년이다.

나이는 열 살 정도려나. 시온과 비슷한 키와 체격이고, 딱히 눈
에 띄는 특징은 없다.

어디에나 있을 것 같은, 아주 평범한 소년── 그런데, 시온은
그 소년에 대해 강렬한 위화감을 품었다.

'아냐…… 위화감이 아니…… 지? 오히려 아무런 위화감이 없
는 게 가장 큰 위화감인 것 같은…….'

솟아오르는 복잡하고 기괴한 감정은 도저히 말로 표현할 수가
없다. 말로 표현할 수 없는 기분 나쁜 느낌만이 머릿속을 가득 채
워갔다.

위화감이 너무 없어서 위화감이 느껴진다.

너무 자연스러워서 부자연.

마치, 모순되는 것 자체가 모순인 것 같은──

"──헤에."

거기서 백발 소년── 노인이 입을 열었다.

"훌륭한데. 응, 정말 훌륭해. 날 보고 위화감을 품었다는 시점에서 절찬해 마땅한 일이야."

조용한, 하지만 귓속 깊이 울리는 목소리였다. 주위의 떠들썩한 소리들을 뚫고, 곧장 귀에 꽂히는 것 같은 신기한 목소리.

어린애답지 않은 차분한 미소를 지으며, 어린애답지 않은 유려한 말투로, 노인이 계속해서 말했다.

"사실은 조금 놀아볼까 했거든? 기껏 네가 그런 유쾌한 차림새로 이런 장소에 서 있으니까. 살짝 싸워서 널 몰아붙이고 『뭐, 뭐야 이 어린애는?』하고 혼란에 빠지게 만들고 나서 본론으로 들어갈까 했는데…… 이렇게 빨리 위화감을 품을 줄이야. 아쉽기도 하지만, 그 우수함이 기쁘기도 하네."

노인이 말했다.

모든 것을 들여다보는 것 같은 눈을 하고서.

"『신동』다운 점은 여전한 것 같아서 기뻐—— 시온 터레스크."

"——큭!"

오싹, 등줄기가 떨렸다.

'내 정체를, 알고 있어……?!'

깜짝 놀란 시온에게, 노인이 계속해서 말했다.

"아, 걱정하지 않아도, 지금 하는 대화는 다른 사람들에게는 들리지 않아. 관객들에게는 시시한 잡담처럼 들리게 해뒀어. 물론 객석에 있는 『사천여왕』한테도 말이야."

'……아르셰라네에 대해서도, 알고 있나.'

표현할 방법이 없는 초조한 기분이 가슴 속에서 솟아났다.

시온과 『사천여왕』의 정체를 알고, 고위 마족조차도 속이는 인식 저해를 다룬다.

눈앞에 있는 소년은—— 너무나 이질적이었다.

"……누구야, 너?"

쥐어짜는 것 같은 목소리로, 시온이 물었다. 적개심이 담긴 눈빛으로 상대를 노려봤지만, 그것은 긴장과 공포의 증명이기도 했다.

"내가 누구냐고…… 후후, 넌 모르겠지, 시온. 난 너를 아주 잘 알고 있지만, 넌 나에 대해서—— 아무것도 몰라."

"…………."

"그런 무서운 눈으로 노려봐도, 이 모습을 아무리 관찰해도 아무 의미 없거든? 이건 그저 너한테 맞춰서 만든 몸일 뿐이니까. 어린아이들 대상의 대회에 나간다는 것 같아서, 조금 놀아줄까 하고 말이야. 뭐, 아까도 말했지만 네가 생각보다 우수해서, 그 계획은 날아가 버렸지만."

보란 듯이 어깨를 으쓱거렸다.

"일단 지금은, 노인이라는 이름으로 불러도 돼."

"…………."

"그나저나 정말 놀랐네. 설마 너한테 여장하는 취미가 있었다니."

"이, 기건 내 취미가 아니야! 여러모로 사정이 있다고!"

당황해서 항의하는 여장 차림의 시온.

노인은 쿡쿡 웃었다.

"후후. 나도 조금 복잡한 심경이야. 기념해 마땅한 첫 해후가 이렇게 기묘한 시추에이션이 돼버리다니. 너무 우스워서 허무하기도 하고, 그러면서도 사랑스럽기도 하네."

가벼우면서도 묘하게 빙 돌리는 말투로 애매하게 말하고는,

"자, 슬슬 본론으로 들어가 볼까. 시간도 얼마 없으니까."

노인은 한쪽 손을 천천히, 시온을 향해 들어 올렸다.

"하지만, 말하는 건 내가 아니지만. 난 그저, 너와『그녀』사이에 다리만 놓을 뿐이야."

"그녀······?"

"그래, 너도 잘 알고 있는 여자야. 하지만 아무것도 모르는 여자이기도 하지. 오랜만의 재회를 즐겨보라고."

"······무슨 소리를── 윽?!"

갑자기, 시온이 고통의 비명을 질렀다.

"으, 으으······ 크, 아악······ 뜨, 뜨거워······!"

오른손이.

정확히 말하자면 오른쪽 손등에 새겨진 흉악한 각인이── 갑자기, 격렬하게 뜨거워졌다. 업화 속에 손을 집어넣은 것 같은 격렬한 통증이 찾아온다.

"두려워할 것 없어. 너한테 해를 끼칠 생각은 없으니까. 이건 단순한 여흥이고, 동시에 전초전 같은 것이니까."

담담하게 말하면서도, 시온은 계속 손을 들고 있었다.

아픔이 더욱 강해졌다. 오른팔에는 아무런 감각도 없다.

봉인을 위해서 끼고 있는 검은 장갑에 균열이 생기더니, 안쪽에서부터 썩은 것처럼 후두둑, 떨어졌다.

드러난 각인에서는―― 뚝뚝, 하고.

피가 맺힌 것처럼, 암흑의 액체가 흘러 나왔다.

넘쳐 나온 액체는 발밑에 고여서 어둠 색의 샘을 만들었고――
마침내 그것이 시온의 온몸을 집어삼켰다.

"으, 으아아아아아아……!"

육체와 함께, 시온의 의식은 어둠 속으로 빨려 들어갔다.

어둠, 이 있다.

한없이 펼쳐진 암흑의 공간.

어둠 외에는 아무것도 존재하지 않는, 무의 영역――

'여기는…….'

어둠 속에 덩그러니 서 있던 시온은, 혼란을 억누르고 필사적
으로 머리를 굴렸다. 먼저―― 발밑을 확인했다. 빛도 없는 암흑
공간인가 싶었는데, 지면은 있는 것 같다.

'……일종의, 환혹계 마술인가?'

과거의 경험을 통해 생각해봤지만――

"――너무 깊이 생각하지 않아도 돼."

갑자기.

어둠 속에서, 여자 목소리가 들려왔다.

"설명하기 힘들지만…… 여기는, 뭐라고 할까, 아무것도 없다.
무엇 하나 의미가 없는, 공허하고 아무것도 없는 공간…… 꿈이라
고 할까, 정신세계라고 할까, 아무튼 불명료하고 애매한 장소다."

아무런 감정이 없고 담담한, 단순한 소리의 나열 같은 말——

목소리가 들려온 쪽을 봤더니 한 여자가 서 있었다.

암흑 공간일 텐데, 어째서인지 그 여자의 모습만은 확실하게 볼 수 있었다.

눈부신 금발을 지닌, 씩씩한 얼굴의 여자였다.

몸에 걸친 것은 백은 갑옷. 하지만 그 의장은 왠지 오래전에 사용하던 것처럼 보였다. 거기에 날씬하지만 잘 단련된 육체를 지녔고, 서 있는 모습에서 역전의 강자에게서만 볼 수 있는 위풍이 느껴졌다.

용맹하고 장엄한 분위기를 지닌 여자였는데—— 하지만, 그 눈만은.

눈만은—— 죽어 있었다.

모든 빛을 잃어버린 것 같은, 텅 비고 무기질적인 두 눈.

죽은 사람 같은 눈동자가, 시온을 똑바로 보고 있다.

"오랜만이야, 시온."

슬며시 웃으며, 여자가 말했다.

하지만 시온은 대답하지 못했다.

오랜만이라고는 하지만, 전혀 기억이 없기 때문이다.

"아, 그렇군. 이 모습으로 만나는 건 처음인가."

여자는 혼자서 납득한 것처럼 말했다.

"어쩔 수 없는 일이기는 해도, 허무할 따름이네. 너는 내 본래 모습도 진짜 이름도 모르겠지. 나는 네 손에 죽고—— 사랑하는 네 명의 여인까지 빼앗겼는데."

"……?! 서, 설마──."

깜짝 놀란 채, 시온이 입을 움직였다.

"──**마왕**인가?"

"정답이다."

여자는── 예전에 마왕이었던 자는 조용히 고개를 끄덕였다.

다시 한번 그녀를 봤다.

마왕을.

자신이 목숨을 걸고, 목숨을 빼앗은 상대를──

'듣고 보니…… 분명히, 닮은 구석이 있어.'

얼굴만 본다면 왠지 닮은 것 같은 기분도 든다.

하지만, 전혀 다르다.

예전에 마의 왕으로서 군림했던 그녀는 뿔과 날개를 지녔고, 피부는 깊은 바다처럼 진한 남색으로 물들고, 만물을 쏘아 죽일 것 같은 암흑의 두 눈을 지녔고, 인간과는 도저히 닮지 않은, 마족의 왕 다운 풍모를 갖추고 있었다.

그에 비해.

지금 눈앞에 서 있는 여자는 아무리 봐도 인간 여자로 보일 뿐이었다.

"다시 말하지만── 오랜만이구나 시온 터레스크. 이쪽 모습으로는 처음 뵙겠다. 일단은 이것이, 내 본래 모습── 마로 타락하기 전의 모습이다."

"……그런가."

시온은 경악한 표정으로, 그러면서도 어딘가 납득한 기색이 담긴 목소리로 말했다.

"마왕은, 원래 인간이었나."

"호오. 생각보다 놀라지 않는군."

"……놀라고 있어. 하지만…… 어렴풋이 생각은 하고 있었어. 마왕이 원래는 인간이었을 가능성도——."

아니.

생각하고 있었다고 하면, 거짓말이 될지도 모른다.

정확히 말하자면—— 생각하지 않으려고 했다.

의식적으로 사고 바깥으로 몰아내고 있었다.

자신이 싸워야 할 상대가—— 악으로 간주하고 구축해야만 했던 상대가, 원래는 인간이었다니.

"너는 정말로 총명한 아이구나."

마왕은 질렸다는 것처럼, 그러면서도 감탄한 것처럼 말했다.

"그렇다면 더 이상, 굳이 말하지 않아도, 내 정체도 알고 있겠지?"

"……그래."

무겁게 고개를 끄덕이고, 시온이 말했다.

마음속 깊은 곳에 넣어뒀던, 생각하고 싶지 않았던 가능성을——

"마왕…… 네놈의 정체는—— 선대 마왕을 쓰러트린 용사지?"

각인이 새겨진 오른손을 꽉 쥐고, 시온이 말했다.

"먼 옛날, 네놈보다 먼저 군림했던 마왕을 죽인 용사…… 그게, 내가 죽인 마왕의 정체지."

"정답이다. 너는 정말로…… 잔혹할 정도로 똑똑한 아이야."

마왕은── 예전의 용사는, 희미한 미소를 지으며 얄궂다는 듯이 말했다.

"네 추측대로── 나는 원래 인간이었고, 그리고 용사라고 불리는 입장이었다. 하지만, 너와는 조금 달랐지. 이 나라 사람도 아니고, 용사라는 호칭도 나라에서 내려주는 호칭이 아니라 단순히 통칭 같은 것이었다."

"…………."

"하지만, 했던 일은 너와 같았다, 시온. 동료와 함께 마족과 싸웠다. 인류를 지키기 위해서 계속 싸웠다. 사랑과 평화를 가슴에 품고서 싸우고, 싸우고 또 싸우고── 그리고 마지막에는, 만악의 근원인 마왕을 쓰러트렸다. 인간 세상에 평화를 되찾았다."

억양이 없는 어조로 말하는 용사였던 이의 이야기를 들으며, 시온은 입술을 깨물었다.

그 말의 다음 내용을, 이야기의 결말을, 알아버렸기 때문에.

"마왕을 쓰러트린 뒤에도…… 너와 같았다. 마왕의 목숨을 끊은 오른팔에 각인이 새겨지고, 지금의 너와 같은 상태가 됐다. 존재하는 것만으로도 주위의 생명을 흡수하는, 지극히 위험한 괴물이."

"나랑, 똑같아……."

"그 뒤에도, 얄궂을 정도로 너와 똑같았다. 내가 구해준 인간들은 손바닥을 뒤집는 것처럼 태도를 바꿔서 날 박해했다. 괴물이라고 매도당하고 돌을 얻어맞는 존재가 되고 말았다. 같이 싸웠던 동료들까지 나를 혐오했다. 영웅이 돼서 지위를 구축한 그들은, 땅에 떨어진 내가 다가오는 것을 거절했다. 평화를 되찾은 세상에── 내가 구한 세상에, 내가 있을 곳은 그 어디에도 없었다."

"…………."

"그래도, 참으려고 했다. 받아들이려고 했다. 세상에 평화롭고 인류가 안녕의 나날을 보낼 수만 있다면, 그것이 내가 바란 미래라고……."

하지만── 무리였다.

마왕은 그렇게 말했다.

모든 것을 포기한 자만이 보여줄 수 있는, 공허하고 감정이 없는 얼굴로.

"참고, 참고, 그래도 더 이상 참을 수 없게 돼버린 나는── 이 세상을 저주하고 말았다. 모든 것을 파괴해버리고 싶어졌다. 인간 세상을 전부 업화로 불태워버리고 싶어졌다. 내가 구한 세상을, 내가 되찾아준 평화와 안녕을── 나 자신의 손으로 멸망시키고 싶어졌다."

"……."

"그다음은 네가 아는 그대로다. 내면에서 솟아나는 증오와 분노에 몸을 맡기고, 세상을 저주해버린 나는── 마로 타락해서, 몸도 마음도 마족이 되어버렸다. 그리고 어느샌가 마왕이라 불리게 됐고, 인간 세상의 원수, 만악의 근원이 되었다. 내가 죽인 마왕과 똑같은 존재가 되어버렸지."

시온은── 아무 말도 하지 않았다.

격렬한 아픔이 가슴을 덮쳤다.

상대의 감정이, 증오와 원망을, 뼈저리게 이해할 수 있었다.

믿었던 자들에게 배신당한 괴로움도, 세상에서 버림받은 것 같은 고독도, 모든 것을 공감할 수 있었다.

세상을 멸망시키고 싶어지는 증오도, 인류 전체를 근절해버리고 싶어지는 파괴 충동도──

'마왕……'

떠오른 것은 죽는 순간의, 마왕의 얼굴.

시온이 숨통을 끊은 순간── 그녀는, 웃고 있었다.

즐겁다는 것처럼 웃고 있었다.

마치.

다음은 네 차례라고 말하는 것처럼──

"난 말이야, 시온. 널 원망하지 않는다. 오히려 감사하고 있다. 네 덕분에, 나는 겨우 끝날 수가 있었다. 그 누구도 죽이지 못했던 나를, 네가 죽여줬다."

"……흥. 마왕한테 고맙다는 말을 들어봤자 전혀 기쁘지 않은데."

어딘가 편안해 보이는 표정으로 말하는 마왕을 보며, 시온은 의연하게 말했다.

자기도 모르게 감정이입 해버릴 뻔했지만, 필사적으로 버티면서.

"자기 얘기를 꽤나 길게 했는데, 대체 목적이 뭐야?"

"목적 같은 거창한 것, 지금의 나에게는 없다. 지금의 나는 단순한 잔류사념 같은 존재니까."

어딘가 자조하는 것처럼, 마왕이 말했다.

"오늘도, 내가 원해서 너를 불러낸 것이 아니다. 모든 것은——
그의 짓이다."

"그…… 노인 말인가! 넌 그 녀석을 알고 있나? 대체 뭐야, 그
녀석은? 인간이 아닌 건 분명한데, 마족하고도 뭔가 달라……."

"노인……? 놈은 너에게, 그렇게 말했나? 꽤나 지저분한 짓을
했군. 정말 그 녀석 다워."

혼자서 납득한 것처럼 중얼거린 뒤에,

"걱정하지 않아도, 그의 정체는 언젠가 알게 될 때가 오겠지.
네가 나와—— 같은 길을 걷게 된다면."

"뭐라고, 그게, 대체 무슨——?!"

헉, 하고 표정이 굳어졌다.

시온의 몸이—— 흐릿해지기 시작했다.

손끝과 발끝부터 서서히, 육체가 투명해져갔다.

"시간이 된 것 같군. 오늘은 여기까지다."

"너, 너무 멋대로잖아! 난 아직, 네게 묻고 싶은 게 산더미처
럼——."

"이봐, 시온."

흥분해서 매달리는 시온을 무시하고, 마왕이 말했다. 지금까지
의 담담한 말투와 다른, 어딘가 친근한 말투로.

"『사천여왕』을…… 그 넷을, 잘 부탁한다."

"뭐……?"

"난 결국, 그녀들에게 아무것도 못 해줬으니까."

"……웃기지 마. 이제 와서 무슨 자격으로 그런 소리를 하는 거야? 네가 그 녀석들에게 무슨 짓을 했는지 잊었나? 나한테 진 그 녀석들을, 죽이려고 했잖아."

"그랬지. 하지만…… 어쩔 수 없는 일이 아닌가. 왜냐하면 그 순간에는 이미── 그녀들의 마음은, 네 것이었으니까. 네게 빼앗기느니, 내 소유물인 동안에 죽여버리고 싶었다."

뒤늦게 밝히는 것처럼 말한 진실에, 시온은 깜짝 놀랐다.

폭군의 흉악한 행위라고만 생각했던 행동은, 그녀 나름의 일그러진 애정의 결과였던 것 같다── 하지만.

그렇다고 납득할 수는 없었다.

"……그 녀석들에 대해 물건처럼 말하지 마라. 그 녀석들은 물건이 아니야. 지금도, 내 물건이 된 건 아니니까."

시온이 말했다.

"그 녀석들은, 내…… 소, 소중한, 가족이다."

"그렇게 부끄러워할 정도면 말하지를 말 것이지."

"시, 시끄러!"

얼굴이 빨개져서 소리친 시온을 보며, 마왕은── 웃었다.

계속 인형 같았던 그녀가, 처음으로 감정 같은 것을 보여준 것 같았다.

마침내── 시온의 존재가 공간에서 사라져버렸다.

혼자 남겨진 마왕은 눈 앞에 펼쳐진 무한한 어둠을 바라봤다.

"기대하고 있다, 시온. 네가 앞으로, 그녀들과 함께 어떤 길을 걸어가게 될지."

기도하는 것처럼 중얼거리는 목소리는, 그 누구에게도 전해지지 않고 어둠에 삼켜져서 사라져버렸다.

"──시온 님!"

번쩍, 정신이 들었다.

눈앞에는 아르셰라가 있고, 어깨를 흔들어대고 있었다.

바로 옆에는 나기와 이브리스도 서 있다.

"괜찮으십니까, 시온 님?"

"여, 여기는……?"

황급히 주위를 둘러봤다.

장소는── 제3광장.

『무술 대회 어린이부』의 무대 위.

하지만── 주위에는 아무도 없다.

부모들과 아이들이 잔뜩 있던 객석에도 사람이라고는 찾아볼 수가 없다.

객석에 있어야 할 아르셰라 일행이 무대 위까지 올라왔고──

그리고 대치하고 있던, 백발 소년도 사라졌다.

"뭐, 야? 무슨 일이 일어난 거야?"

"이봐요, 진짜 괜찮은 겁니까, 도련님? 지금 그 난리를 못 들었어요?"

"난리……?"

상황을 전혀 이해하지 못한 시온에게, 아르셰라가 말했다.

"제1광장에 있는 페이나한테서 연락이 왔습니다——『영번 연구실』이, 그쪽에서 날뛰고 있다는 것 같습니다."

"뭐, 뭐라고……?!"

"무술 대회 본선이 시작되기 직전, 『영번 연구실』을 자처하는 사내들이 나타나서 국가에 대한 혁명을 선고했다는 것 같습니다."

"뭐랄까, 그런 소리를 하더라고요. 지금의 왕실은 쓰레기라느니, 우리 『영번』의 분노를 뼈저리게 느껴봐라, 뭐 그런, 뻔한 소리."

이브리스가 적당히 보충 설명을 하고, 아르셰라가 계속해서 말했다.

"그리고 그들이 출현한 것과 동시에…… 예선을 통과한 본선 진출자들이—— 마족의 모습으로 변했다는 것 같습니다."

"——?!"

인간을 마족으로.

그것은 전쟁 당시에 『영번 연구실』이 추진했던 연구——

"사전 혈액 검사 단계에서 육체에 뭔가 손을 썼던 것으로 여겨집니다. 마족으로 변모한 자들은 『영번 연구실』의 지시에 따라 행동하고 있는 것 같습니다."

아르셰라의 설명을 듣고, 시온은 생각에 잠겼다.

'여기에 관객들이 없어진 건, 제1광장의 소동이 여기까지 번졌기 때문인가.'

그리고는 광장의 시계를 봤다.

'나와 노인이 무대 위로 올라간 게 오후 2시 15분…… 그 뒤로, 겨우 1분밖에 안 지났어…….'

무대 위에서 노인과 나눴던 대화, 검은 공간에서 마왕과 이야기했던 것이 현실 세계에서는 눈 깜박할 사이에 일어난 일로 처리된 것 같다.

시온의 의식이 다른 세계로 날아가 있는 동안── 현실세계에서는 『영번 연구실』의 소동이 여기까지 전해졌고, 관객들은 재빨리 피난했다.

"……노인은? 그 녀석은, 어디로 갔지?"

"노인……? 시온 님과 싸우려던 그 소년 말인가요? 그 소년은…… 그러니까."

"아~ 모르겠네. 어느새 없어졌더라고. 다른 놈들이랑 같이 도망친 게 아닐까?"

아르셰라도 이브리스도, 노인의 동향은 파악하지 못했다. 무리도 아니지. 시온 말고 다른 이에게는 단순한 소년으로만 보였을 테니까.

"나리마님. 지금은 페이나가 응전하고 있다고 합니다. 저희도……."

"……그래. 알았어."

나기의 말을 듣고, 시온이 고개를 끄덕였다.

생각해야 할 일들은 산더미처럼 많지만── 하지만 지금은, 그럴 시간이 없다.

"가자."

시온은 여자 옷을 벗어 던지고, 평소의 반바지 차림으로 돌아
왔다.

Presented by Kota Nozomi / Illustration = Pyon-Kti

Genius
Hero
and
Maid
Sister

제 5 장　전직 용사는 테러리스트와 싸운다

제1광장은 참담한 상황이었다.

무술 대회를 위해 만들어놓은 무대와 객석은 엉망진창으로 부서져 있다.

일반인들은 피난을 마친 것 같지만, 몇 명인가 쓰러져 있는 사람도 있다. 대회를 위해 배치해뒀던 도시의 헌병이나 주둔하던 기사단원들이다. 아마도 사람들을 지키기 위해서 싸웠고, 그리고 쓰러졌겠지.

파멸적인 광경의 중심에는── 마물 집단이 있다.

숫자는 넷.

크기와 팔다리 숫자는 인간과 같지만, 생김새가 전혀 다르다. 갑충 같은 까만 껍질을 온몸에 두르고, 머리에는 촉각 같은 뿔이 나 있다. 거대해진 개미가 두 발로 걷는 것처럼 생겼고, 낮은 신음소리를 내고 있다.

마물들의 중심에 있는 것은 흰 가운을 입은 마른 남자. 꼬리가 치켜 올라간 가느다란 눈이 특징적이고, 입가에는 일그러진 조소를 드리우고 있다.

그리고 그들과 대치하고 있는 것은──

"페이나!"

시온이 외치자, 전투태세에 들어가 있던 페이나가 이쪽을 봤다. 팔만 늑대인간 상태로 변해 있고, 몸에는 작은 상처들이 보였다.

얼굴에는 한순간 안도한 기색이 드리웠지만, 바로 분한 표정으로 바뀌었다.

"⋯⋯미안해, 시 님. 나⋯⋯ 혼자서는 아무것도 못 했어. 적 몇 명은, 도망쳤어."

"사과하지 마. 넌 잘했어. 여기서 쓰러진 사람들을 지켜준 거잖아?"

"시 님⋯⋯."

"뒷일은 나한테 맡겨줘."

시온은 페이나를 등 뒤에 감싸는 것처럼 앞으로 나섰다.

그러자,

"──이런, 이런, 더러운 수인 다음은 이런 꼬마가 상대입니까?"

개미 마물을 거느린 남자가 비웃으면서 말했다.

"맡기라니⋯⋯ 후후, 아하하하! 까부는 건 집안에서나 하지 그러십니까, 도련님?"

"⋯⋯네놈은『영번 연구실』관계자야?"

"그러하다."

거만한 태도로 끄덕이는 남자를 보며, 시온이 살짝 한숨을 쉬었다.

"그렇군⋯⋯『영번』이 테러 활동을 꾀하고 있다는 소문은 사실이었구나."

"테러? NONO. 조금 다릅니다. 이건 혁명입니다. 그리고 동시에 복수이기도 합니다. 우리를 쫓아낸 왕실에, 우리의 연구 성과를 보여줄 것입니다! 그리고 썩어빠진 왕실에, 심판의 철퇴를……!"

연구자 사내는 입꼬리를 끌어 올리면서 웃었다.

광기 어린 기쁨과 분노가 뒤섞인, 일그러진 웃음이었다.

"……그 연구인가의 성과가, 인간을 마족으로 만드는 거라니."

시온이 눈살을 찌푸리며 중얼거리자, 뒤에 있는 페이나가 입을 열었다.

"시 님…… 저놈들 전부, 대회 출전자들이야. 본선이 시작되자마자 출전자들이 전부 마물로 변했어. 숫자는 다 해서 열여섯 명. 저기 있는 넷 말고 나머지는 다른 연구원들이랑 같이 광장 밖으로 나갔어……."

역시 본선 출전자들은 사전에 몸을 개조당한 것 같다.

"후후. 이 녀석들에게 더 이상 자아는 존재하지 않는다. 우리의 명령에만 따르는, 순종적이고 강인한 최강의 군대── 인마병입니다."

남자는 큰 소리로 말했다.

"정말이지, 무술 대회는 최고입니다. 실력 있는 젊은이들이, 차례차례 제 발로 모여주니까."

실험체를 찾는 조직에게 있어 무술 대회는 최고의 사냥터였겠지. 젊고 건강한 남자들이 자발적으로 모여드는 데다, 혈액 검사라는 명목으로 대상과 깊이 접촉할 수도 있었다.

게다가.

『비스테아 무술대회』는 엘트 지방에서 유명한 축제 중에 하나.

인근 지역에서도 많은 사람들이 모여들고, 왕도에서 오는 손님도 적지 않다.

국가 전복을 노리는 조직이 소동을 일으켜서 자신들의 존재를 과시하는 데는 더할 나위 없는 무대라고 할 수 있을 것이다.

실험체를 모으는 것과 국가에 대한 선전포고.

그들에게 있어 이 대회는 일석이조의 이벤트였다.

'릴리일라의 존재도 놈들에게는 마침 좋은 미끼였겠지.'

놈들이 음마의 존재를 알고서 이용하려고 한 것인지, 아니면 전혀 관여하지 않았지만 좋은 쪽으로 작용한 결과인지── 불명확한 점은 많았지만, 지금은 자세히 확인할 여유가 없다.

"……네놈들은 예선에서 탈락한 자들을 유괴했다는 것 같은데, 그들은 어떻게 됐지?"

"아, 그들은…… 후후. 그들은 잘 아껴두고 있습니다. 여기 있는 녀석들과 달리, 천천히 시간을 들여서 개조할 테니까. 뭐, 자네는 여기서 죽을 테니까 볼 일이 없겠지만."

희열이 가득한 눈으로 그렇게 말하고, 남자는 개미 인간의 어깨에 손을 얹었다.

"기뻐하세요, 망할 꼬마. 우리가 개발한 병기의 손에 죽는 명예를!"

"……원래대로, 되돌릴 수 있어?"

시온이 말했다.

개미형 인마병을── 억지로 마물로 만들어버린 인간들을 보며.

"저 사람들을 원래대로 되돌릴 방법은, 준비해뒀어?"

"……후후, 무슨 소리를 하나 싶었더니……. 아쉽게도 이젠 무리입니다. 마족의 인자를 몸에 푹 절였으니까. 산 채로 그걸 벗겨내는 건, 우리에게도 불가능합니다."

"……그런가."

시온은 조용히 말했다.

그 눈동자가 어두운 색으로 물들었다.

"그렇다면── 죽이는 수밖에 없다는 거네."

"죽인다…… 풉, 아하하하! 누가 누굴 죽인다는 겁니까?! 이런, 이런, 어린애 치고는 그럭저럭 똑똑한 것 같지만, 건방지게 구는 것도 적당히 하십시오. 당신 같은 꼬마가, 우리의 병기를 죽이는 건 불가능합니다!"

침을 잔뜩 날리면서 외친 남자는, 페이나 쪽을 봤다.

"저 더러운 수인도 열심히 하기는 했지만, 우리의 인마병 앞에서는 제대로 손도 못 썼으니까! 너 같은 꼬마가…… 뭘 할 수 있다면 해보시지요!"

그렇게 단언하고, 남자가 손을 들어 올렸다.

그 움직임에 맞춰서, 인마병 넷이 전투태세에 들어갔다.

통솔된 움직임으로, 시온을 공격한다──

순간.

허공을 질주한 빛의 화살이, 인마병 넷을 꿰뚫었다.

넷 모두 가슴을 깔끔하게 꿰뚫리고, 땅바닥에 쓰러졌다. 온몸이 움찔움찔 경련했지만, 바로 움직임이 멈췄다.

순살──

그 두 글자 말고는, 표현할 말이 존재하지 않았다.

용서 없이, 주저하지 않고, 망설이지도 않고──

시온이 날린 화살은, 넷의 가슴을 꿰뚫었다.

"……어? 뭐…… 어?"

"두 가지, 네놈의 착각을 정정해주지."

사태를 이해하지 못한 사내에게, 시온은 마술을 날리기 위해 들었던 손을 내리며, 감정을 억누른 목소리로 말했다.

"하나. 저 정도 상대, 페이나가 마음만 먹었으면 2초 만에 쓰러트렸어. 하지만 페이나는, 저 사람들의 몸과 목숨을 걱정했지. 네놈들에게 이용당한 죄 없는 인간의 목숨을 빼앗는 것을 주저했고, 그래서 고전할 수밖에 없었던거야……."

조용한 말투로, 하지만 눈에는 활활 타오르는 분노를 담은 채, 시온은 담담하게 말했다.

"둘. 페이나는 더러운 수인이 아니야. 알지도 못하는 타인의 생명을 배려할 정도로 상냥한, 내 자랑스러운 메이드다."

"시 님……."

페이나는 지극히 감격한 표정으로 시온을 바라봤다.

"……마, 말도 안 돼! 말도 안 돼, 말도 안 된다고! 대, 대체 무슨 일이 일어난 거지? 내 병사가…… 내 연구실의 최고 걸작이…… 화, 화살 한 방에 죽다니……!"

"흠. 또 두 가지, 정정이 필요하겠네."

두려움에 떠는 사내에게, 시온은 한숨을 쉬며 말했다.

"하나. 화살은 한 발이 아니라—— 하나당 세 발씩 날렸어. 네 놈에게는 한 발로 보인 것 같지만."

마족 하나에 세 발.

합계, 열두 발.

마법진 구축부터 술식 전개, 그리고 사출—— 전개 속도가 너무나 빨랐기 때문에, 남자에게는 표적 하나당 한 발씩 날린 것처럼 보인 것 같다.

세 발씩 날린 것은 마족을 쓰러트리기 위해 화살이 세 발 필요했기 때문—— 이 아니라, 다른 목적이 있었기 때문이다.

"둘. 나는 그들을—— 죽이지 않았어."

"……뭐, 뭐라고?!"

직후——

마족으로 변했던 남자들에게서 마력이 증발하는 것처럼 피어올랐고, 사라져갔다. 흉악한 마력의 기척이 사라지자 그들은 전부 원래의 인간 모습으로 돌아와 있었다. 기침을 하고 호흡이 거친 자들도 있지만—— 전부 분명히 살아 있다.

"이, 이게 무슨……! 어째서, 놈들이, 원래 모습으로……?!"

"마왕군에도 비슷한 짓을 꾸미는 자가 있었지. 잡은 인간을 개조하고, 마음이 없는 병사로 만들어서 인간들끼리 싸우게 만들려고 하던 천박한 것이."

대단한 일도 아니다.

『영번 연구실』이 지금까지 연구해온 인간의 마족화──── 인마병 개발은 마왕군에서는 이미 완성돼 있던 기술이었다.

더 자세히 말하자면──── 마왕군 쪽이 인간을 더 잘 이용했다.

원래 인간의 인격과 자아를 일부러 조금 남겨둬서, 목숨을 구걸하면서 싸우는 인마병을 양산하고 전장으로 보냈다.

시온도 싸워본 경험이 있다.

『살려줘』『죽이지 말아줘』『딸이 보고 싶어』『죽여줘』…… 인간이었던 시절의 인격으로 울고 소리치며 마족과 같은 힘을 휘두르는 병사들은, 대치하기만 해도 정신이 소모되는 무시무시한 적이었지만──── 시온은 싸우는 중에 그들에 대한 대항책을 만들어냈다.

"인간에게 새겨진 마족의 인자는, 육체는 물론이고 그자의 생명력에도 깊이 뿌리를 내리지…… 일단 마족이 되면 산채로 되돌리는 건 지극히 곤란. 그렇다면 결론은 간단하지──── 일단, 죽여버리면 돼."

"뭐, 뭐라고……?!"

"첫 번째 화살로 심장을 멈추고, 상대를 가사상태로 만든다. 생명력이 사라져가면서, 마족 인자가 육체에서 **빠져나왔을** 때, 두 번째 화살로 완전히 소멸시킨다. 그리고 세 번째로 바로 소생──── 이것이 인마병을 강제로 원래대로 되돌리는 방법이야."

산채로 마족 인자를 제거하는 것은 불가능.

그렇다면──── 일단 죽이면 된다.

이것이 시온이 만들어낸, 인마병에 대한 대항책이었다.

하나당 세 발씩 날린 화살은── 세 발 모두 각각 다른 술식이 담겨 있었다.

심장 정지. 마족 인자 소멸. 소생.

전혀 다른 술식이 담긴 화살 세 발을 거의 동시에 날리는── 이런 엄청난 일이 가능한 마술사는, 대륙 전체에서도 손에 꼽을 것이다.

"아~ 그렇구나. 한 번 죽이면 되는 건가."

조금 전까지 고전했던 페이나가 납득과 감탄하는 기색이 담긴 목소리로 말했다.

"마, 마마, 말도 안 돼…… 뭐, 뭐냐 네놈은? 그 나이에, 그만한 지식과 기술을 지녔다니──."

"미안하지만, 네놈의 질문에 대답할 생각은 없다."

짜증이 담긴 목소리로 말한 것과 동시에── 시온이 사라졌다.

다음 순간에는 흰 가운 입은 사내 앞에 서 있었다.

발밑에 마력을 집중시키고, 폭발적인 힘으로 땅을 박찬다. 그러면서도 착지할 때는 소리도 없이. 무서울 정도로 조용하고, 정밀한 이동이었다.

대치하는 상대에게는 시온이 순간이동이라도 한 것처럼 보였을 것이다.

"어? 으, 으아아악?!"

다음 순간에── 남자는 허공에 떠 있었다. 다리 후리기를 맞아서 균형을 잃고, 몸이 한 바퀴 돌았다. 시온은 상대의 멱살을 잡고는 땅바닥에 힘껏 패대기쳤다.

"커…… 헉……."

"대답해라. 네놈들의 본거지는 어디냐."

땅에 처박힌 상대를 한 손으로 누르며, 시온이 말했다.

내려다보는 눈은 무서울 정도로 차가운 색으로 물들어 있었다.

"이 도시에서 유괴한 인간 열 명……『아껴두고』개조하려는 인간들은, 지금도 거기 있겠지?"

"……."

"대답하기 싫다면 그래도 좋다── 두개골을 쪼개고 뇌에 직접 물어보면 되니까."

"흭……."

돌바닥에 쓰러진 남자의 얼굴은 순식간에 공포로 물들었다.

창백한 얼굴로 부들부들 떨면서,

"교…… 교외에 있는 저택, 입니다…… 비스테아에서 남쪽으로 나가서, 넬라 대로를 따라가면 나오는 낡은 저택 지하가, 저희의 은신처입니다…… 잡은 자들은 지금도 거기 있을 테고."

그렇게, 아주 간단하게 동료의 소굴을 불었다.

국가 전복을 꾀하는 테러리스트치고는 조금 각오가 부족했던 걸까.

아니면.

마왕을 죽인 용사가 보여준 진짜 살기와 위압감 때문일까.

"그런가. 수고했다."

"예, 예…… 저, 이, 이걸로 저 하나만은── 커흑?!"

정보를 다 캐내자, 시온은 남자의 심장에 직접 마력을 때려 넣어서 강제로 의식을 잃게 만들었다.

"페이나, 이브리스, 나기."

뒤를 돌아보고, 시온이 말했다.

"너희 셋은 시내로 흩어진 연구원과 인마병을 부탁해. 인마병으로 변한 대회 출전자들이 열두 명이 더 있을 거야. 원래대로 되돌리는 방법은── 기억했지?"

"물론이지. 잘 봤으니까."

"도련님만큼 잘할 수는 없겠지만, 뭐, 열심히 해보겠습다."

"그쪽에 쓰러져 있는 자들도 걱정하지 마십시오. 응급처치를 한 뒤에 안전한 곳으로 옮겨두겠습니다."

처음부터 어떤 명령을 할지 알고 있었다는 것처럼, 메이드 세 명은 지시를 받아들였다.

"가능한 한 빨리 마족 인자를 분리해 줘. 마족화된 시간이 짧으면 짧을수록 후유증이 남을 가능성도 줄어드니까. 잘 부탁해."

그리고 시온은 도시 남쪽을 향해 한 걸음을 옮겼다.

"아르셰라, 넌 나랑 같이 가자── 적의 본거지를 쳐부수러 간다."

『영번 연구실』 멤버 중의 한 명── 로벨은 곤혹스러워하면서 시내를 도망 다니고 있었다.

'무, 무슨 일이 일어난 거지……?!'

필사적으로 뛰고, 도망 다녔다. 로벨의 등 뒤에는 인마병이 둘 있고, 그를 따라오고 있다. 인마병은 지시를 내리지 않으면 명령자를 따라다니게 되어 있다.

'이럴 리가…….'

『영번 연구실』의 계획은 아주 단순했다.

사람들이 많이 모이는 비스테아의 무술 대회에 맞춰서 인마병을 풀어놓고, 시내를 아비규환의 지옥으로 만들어버린다. 지방 도시 하나를 제압해서 국가에 대해 명확한 적개심을 보이고, 선전포고한다.

자신들의 연구 성과를 세상에 알리기 위해.

그리고 자신들을 버린 중앙 정부에 보복하기 위해.

시 도시의 유력자인 롬 경과 손을 잡아서 자금과 설비는 확보했다. 무술 대회 잠입도 그의 도움을 받아서 간단히 성공했다.

예선에 의료반으로 잠입한 연구원은 혈액 검사를 하는 척하면서, 일부 참가자에게 마족 인자를 주입했다.

예선 통과자 열여섯 명은 대회 당일에 활용하기 위해서 방치하고—— 그리고 예선에서 탈락한 자들 중에 개조하기 쉬워 보이는 사람을 열 명 고르고 나중에 납치했다.

그 열 명은 지금—— 은신처의 연구실에서 조정 중.

대회 당일에 비스테아의 파견된 연구원들의 사명은—— 단적으로 말하자면 요란하게 날뛰는 것이었다.

시내를 파괴하고, 사람들을 공격하고, 이 나라 사람들에게 공포를 심어준다.

『영번 연구실』이라는 역사의 어둠 속에 묻혀 버린 위대한 연구 기관을 존재를 큰 소리로 선전한다. 그들의 우수함을 세상에 알리고—— 언젠가는 국가 자체를 무너트린다.

목적은 장대하지만—— 오늘의 계획은 아주 단순했다.

파견된 연구원 다섯 명은 인자를 주입한 본선 진출자들을 마족으로 만들고, 마음이 없는 병사로서 조종한다.

『영번』의 연구 성과라고 할 수 있는 인마병은, 마계의 중위 마족에 필적하는 전투 능력을 자랑하기에 도시의 헌병이나 지방 기사단 가지고는 상대도 안 된다.

아무것도 걱정할 필요가 없다.

평화에 찌들어버린 세상을 향해 일방적으로 철퇴를 휘두르기만 하면 되는, 단순하고 간단한 계획—— 그랬어야 했는데.

"……젠장, 대체 뭐냐고, 저년들은?!"

사람들이 도망친 번화가의 뒷골목——

으슥한 곳에 숨은 로벨은 한심한 목소리로 외쳤다.

그에게 주어진 일은—— 인마병을 이끌고 실컷 날뛰는 것이었다.

대중에 대한 선전과 인질 선별 같은 자잘한 일은 다른 자가 행한다. 그는 그저 마음 내키는 대로 시내를 파괴하고, 대중들에게 공포를 심어주기만 하면 됐다.

하지만.

로벨과 연구원들이 제각기 인마병을 이끌고 시내에서 파괴 공작을 시작했을 무렵.

어디선가—— 회색 머리카락의 여자가 나타났다.

갈색 살갗과 회색 머리카락을 지닌 미녀는—— 눈 깜박할 사이에 로벨과 같이 있던 연구원 사내를 기절시켰다.

그리고 곧바로, 그가 이끌고 있던 인마병의 가슴을 주먹으로 때렸다. 그리고 손에 마력을 주입했나 싶더니── 어떻게 된 영문인지 인마병이 원래 모습으로 되돌아가고 말았다.

공포에 사로잡힌 로벨은, 동료를 버리고 곧장 도망쳤다. 인마병을 이끌고 도망쳐서, 누군가 다른 동료에게 도움을 청하려고 했는데──

동료를 찾아다니는 과정에서 발견한 것은 금발 미녀와 검은 머리 미녀에게 차례로 쓰러져가는 동료들의 모습이었다.

"이봐! 들려?! 대답 좀 해봐! 젠장…… 레드도 어스리도 당한 건가."

통신기로 동료들과 연락을 해봤지만, 아무도 대답이 없다.

"제기랄…… 대체 뭐가 어떻게 된 거냐고! 이런, 이런 일이 어떻게……."

"──오. 찾~았다."

여자의 목소리가 들린 순간, 로벨의 등줄기가 오싹해졌다.

골목 바깥쪽에, 조금 전에 동료를 순식간에 죽여 버렸던 회색 머리 여자가 있었다. 그녀는 살짝 한숨을 쉬더니, 천천히 이쪽으로 걸어왔다.

"정말이지. 귀찮게 하기는."

"……으, 으, 으아아아!"

극심한 두려움에 뒷걸음질 치는 로벨. 지금까지 맛본 적이 없는 공포가 머리를 지배했지만── 그런 로벨에게 새로운 공포가 덮쳐왔다.

"아. 이브리스다."

"연구원이 하나, 인마병이 둘인가."

금발 여자와 검은 머리 여자도, 모습을 드러냈다.

"페이나, 나기. 너희들, 인마병을 몇 명 되돌렸어?"

"난 넷이야."

"셋이다."

"그렇군. 나도 셋이니까…… 여기 둘만 되돌리면, 일단은 전부 구출 완료인가."

세 여자는 로벨 뒤에 있는 병사들을 노리고 있다.

그녀들의 말로 표현할 수 없는 위압감 앞에서, 로벨의 공포가 극한에 달했다.

"으, 으, 으아아아! 오, 오지 마아아! 저, 저리 가, 얘들아! 저년 들을 죽여 버려!"

주인이 명령하자, 인마병 둘이 움직였다.

공포를 느끼지 않는 병사들은 인간을 뛰어넘는 속도로 여자들 을 공격했지만── 무의미했다.

금발 여자와 검은 머리 여자가, 눈에 보이지도 않는 속도로 움 직여서 인마병을 제압했다.

하나는 주먹으로, 하나는 칼 손잡이로, 정확히 심장을 때렸다.

그리고 마력을 집중시키자── 인마병이 원래 모습으로 돌아 오고 말았다.

"으, 아아……."

절망에 빠진 로벨에게, 회색 머리 여자가 다가왔다. 어느새 벽 있는 데까지 몰려서, 더 이상 도망칠 곳도 없다.

"어, 어째서, 대체 왜! 왜 내가, 이런 꼴이⋯⋯!"

"흥. 이런 꼴이고 뭐고가 어디 있어. 화끈하게 저질렀잖아. 다른 놈한테 박살 날 각오 정도는 돼 있겠지?"

"아⋯⋯ 아냐, 아니라고! 난⋯⋯ 우리는 아무 잘못도 없어! 나쁜 건 이 나라다! 위쪽 놈들이다! 우리의 행위는 테러가 아니다! 정당한 복수다!"

격앙된 감정이 이끄는 대로, 로벨이 소리쳤다.

"2년 전⋯⋯ 우리는 상부의 명령에 따라 연구했을 뿐이다! 비합법적인 연구도, 비인도적인 실험도, 전부 위에서 시켜서 했다! 마왕군에 대항하기 위해, 필사적으로 연구했다고⋯⋯!"

『영번 연구실』.

나라에서 존재 자체를 숨겨왔던, 악마의 연구실.

연구 내용은 하나같이 비인도적인 것이었지만── 그것은 마왕군 타도라는 대의명분하에 행해진 것이었고, 연구를 추진한 것은 다름 아닌 중앙 정부였다.

연구원들은 나라의 명령에 따라, 나라를 위해 일했었다──

"그야⋯⋯ 즐기는 기분도 없었던 건 아니야. 지금까지 참아왔던 인체실험도 실컷 할 수 있었지, 최고였어── 하지만! 그래도 정의의 마음이, 조금이나마 있었다고! 이 나라를 구하기 위해, 필사적으로 연구에 몸을 바쳤다! 그런데⋯⋯ 이 나라 놈들은 마왕이 죽자마자, 귀찮은 물건을 치우는 것처럼, 우리를 잘라버렸다!"

전쟁이라는 대의명분은 온갖 윤리와 인간으로서의 도리를 무시하고 실리를 우선하게 만든다.

반대로 말하자면.

전쟁만 끝나면 이번에는 윤리와 인간으로서의 도리가 가치를 지니게 된다.

비합법적이고 비인도적인 연구를 거듭하는 비밀 기관은, 전쟁 중에는 도움이 되지만 전쟁이 끝나면 그 존재가 위험 부담이 될 뿐이다.

대중이나 다른 나라에 그 존재가 알려지면 어떤 비난을 받게 될지 모른다. 그래서── 일찌감치 내버렸다.

"후…… 하하하, 근본적으로 썩어빠졌다고, 이 나라는! 말도 안 되는 쓰레기 놈들이 나라를 움직이고 있다! 어떻게 용서하겠나! 그래서…… 왕도에서 거만이나 떨고 있는 쓰레기 놈들한테 한 방 먹여주고 싶었다! 우리는 아무 잘못 없어! 아무것도 잘못한 게 없다고!"

"……그래, 그렇단 말이지."

이야기를 다 들은 회색 머리 여자가 한숨을 쉬며 말했다.

"딱히, 너한테 잔소리할 생각은 없어. 남한테 뭐라고 할 입장도 아니니까. 오히려 어느 쪽인지 따지자면── 동정하고 싶을 정도야. 나도 이 나라 편을 들 생각은 털끝만큼도 없으니까. 전부 때려 부수고 싶은 마음도, 조금은 이해해."

"하…… 하하! 그, 그렇지? 맞아, 나쁜 건 전부──."

"하지만."

순간, 회색 머리 여자가 움직였다.

적의 동정심을 유도했다고 마음이 풀어졌던 로벨의 배에, 주먹이 깊숙이 박혔다. 배를 관통해버리는 게 아닌가 싶을 정도로, 엄청난 일격이었다.

"평화를 되찾은 세상을 때려 부술 권리는, 네놈들한테는 없어."

"커…… 헉."

순식간에 의식이 멀어져간다.

쓰러지는 로벨을, 여자는 차가운 눈으로 내려다보고 있었다.

"누구보다 고생했던 우리 도련님이 참고 있다고. 네놈들이 멋대로 굴어서야 되겠어?"

비스테아 교외.

버려진 저택 지하에는―― 거대한 연구 시설이 있었다.

롬 경이『영번 연구실』을 위해서 마련해준 것이다. 왕도에서 쫓겨난 연구자들은 이 지하시설에서 연구를 계속하고 있었다.

연구 시설 제일 아래층은―― 전직『영번 연구실』실장의 연구실.

일부 연구원만이 들어올 수 있는 일종의 격리공간이다. 연구 성과와 실험 재료 유출을 막기 위해, 강력한 결계를 여러 겹으로 쳐놨다.

그 제일 아래층에―― 시온은 아무렇지도 않게 침입했다.

오른손에는『마검 멜토르』가 있다.

수많은 결계를 설치한 완강한 문을 술식까지 포함해서 전부 부숴버리고, 제일 아래층 연구실에 발을 들였다. 아르셰라가 그 뒤를 따랐다.

"……뭐, 뭐야? 무슨 일이 일어난 거지?! 네놈들…… 어떻게, 여기 들어왔나?!"

어두운 방 안에 있던 남자가 격렬한 혼란에 빠진 목소리로 외쳤다.

백발노인이었다. 나이는 70이 넘었겠지. 새하얀 머리카락은 제멋대로 자랐고, 흰 가운을 입은 몸은 마른 나뭇가지처럼 가늘었다.

"역시…… 지금도 당신이 『영번 연구실』을 이끌고 있었나."

마검을 사라지게 하며, 시온이 노인을 바라봤다.

"오랜만이군. 닥터 밍젤."

"……오랜만, 이라고?"

백발노인── 밍젤은 곤혹스러운 표정을 지으면서 이쪽을 빤히 쳐다봤다. 그리고, 마침내 그 눈이 휘둥그레지고,

"설마 네놈, 시온 터레스크인가?!"

경악한 목소리로 외쳤다.

"……아는 사이십니까?"

"왕도에 있던 시절에, 조금."

벌레라도 씹은 것 같은 얼굴로 아르셰라의 물음에 대답했다.

용사로서 움직이던 시절에는 『영번 연구실』과 아무런 관계도 없었다. 존재 정도는 알고 있었지만, 멤버와 접촉한 일은 단 한

번도 없고.

실장인 밍겔과 관여한 것은—— 시온이 용사의 이름을 빼앗긴 순간의 일이었다.

"2년 전, 마왕을 죽인 내가 왕도로 귀환한 뒤에…… 나한테 걸린 저주를 검증한 것이, 저 남자야."

내뱉는 것처럼 말하는 시온. 그 말의 의미를 이해한 아르셰라는 비통한 표정을 지었다.

마왕을 죽이고 왕도에 귀환한 뒤에 저주가 발각된 시온은, 왕궁 인근의 지하 감옥에 유폐 당했다.

그리고 기다리고 있었던 것은—— 저주를 검증하는 나날.

에너지 드레인은 물론이고 불사(不死)성에 대해서도 세밀하게 조사했다.

팔을 절단해서 재생하는 속도를 재고, 온 몸에 칼집을 내서 어디부터 재생이 시작되는 지를 조사하고, 타박, 열상, 화상, 감전, 산성, 독극물, 질식…… 다양한 치명상을 입혀서 어떤 공격이 가장 유효한지를 검증하고——

일주일 정도의 짧은 기간이었지만—— 생각하기도 끔찍한, 지옥 같은 나날이었다.

불사의 몸이라고 해도 아픔을 느끼지 못하는 건 아니다. 온갖 극심한 고통 때문에 괴로워 몸부림치는 시온을, 밍겔은 신이 난 표정을 지으면서 계속 검증했다——

"……후, 후후. 그래, 그건 정말 즐거웠지."

밍겔은 주름 투성이 얼굴을 일그러트리며 웃었다.

"넌 최고의 실험 재료였다, 시온. 할 수만 있다면 네 몸을 더 가지고 놀고 싶었지만…… 너무 오래 접촉하면 에너지 드레인 때문에 내 목숨이 위험했으니까."

희열이 담긴 눈으로 시온을 바라봤다.

"후후, 짧은 실험 기간이었지만 네 육체에서 얻은 데이터는 큰 참고가 됐지. 덕분에 우리의 연구도 단숨에 진척됐다. 인마병을 완성한 것도 네 덕분이다, 시온 터레스크."

"──."

닥터 밍겔의 입에서 튀어나온 말에, 시온이 깜짝 놀랐다. 가슴속 깊은 곳에서 온갖 감정들이 치밀어 올라, 주먹을 꽉 쥐었다.

"……안 좋은 예감이 들기는 했어. 역시, 그랬나. 너희들의 연구가 완성돼버린 건…… 내 탓이었나."

"아닙니다…… 시온 님은 아무 잘못 없습니다! 잘못은 데이터를 멋대로 악용한 『영번 연구실』의 자들입니다!"

자책하는 마음에 괴로워하는 시온을, 아르셰라가 필사적으로 변호해줬다.

"……고마워. 하지만…… 괜찮아. 간접적이라고는 해도 내가 관여한 건 사실이니까."

망설임 없는 말투로, 의연하게 단언했다.

"이번 소동에 끼어들기를 잘했어. 이건── 내가 결판을 내야 할 문제였어."

시온이 각오를 다지는 한편, 밍겔은 혼자서 뭔가 중얼거리면서 생각에 잠겨 있었다.

"그래, 그렇군…… 어딘가 국외로 도망친 줄 알았는데, 설마 이 근처에 있었다니. 후후후, 이건 기쁜 오산이군."

그리고 밍겔은, 두 팔을 벌리고 큰 소리로 말했다.

"기뻐해라, 시온 터레스크. 너를── 우리의 동료로 맞이해주마."

"……뭐라고?"

시온은 불쾌하다는 듯이 얼굴을 찌푸렸다. 밍겔은 혈기가 왕성해서── 마치 훌륭한 제안을 하는 것처럼 말했다.

"바깥의 소동은 이미 알고 있나? 지금, 내가 만든 인마병이 비스테아에서 날뛰고 있다. 사람을 마족으로 만드는 연구가 겨우 완성됐다. 우리는 지금부터 이 나라에 심판의 철퇴를 내리칠 것이다."

"…………."

"나는 네 실력과 체질을 높이 평가하고 있다. 그 불행한 몸도, 나라면 잘 써줄 수 있겠지. 과거의 일은 서로 흘려보내지 않겠는가. 우리는 오늘부터, 함께 이 나라를 치는 동료다."

말투는 상냥하고, 열기가 담겨 있지만── 이쪽을 바라보는 눈에는 모멸과 연민의 감정이 얼핏 보였다.

너 같은 괴물을 이용해주겠다.

기쁘지. 감사해라.

그런 거만한 동정이, 뼈저리게 느껴졌다.

"……무슨 착각을 하고 있는지는 모르겠지만."

시온은 완전히 질렸다는 목소리로 말했다. 굳이 선언하는 것도 바보 같지만, 상대가 이해하지 못했다면 말해줄 수밖에 없다.

"난 너를 막으러 왔어, 닥터 밍겔."

"뭐라고?"

"비스테아의 소동은 이미 내 동료들이 제압했을 거야. 내가 여기에 온 것은── 네 하찮은 야망을 부숴버리기 위해서야."

"……마, 말도 안 돼……? 어째서? 왜냐 시온 터레스크. 네가 어째서 우리에게 적대하지? 너라면── 같은 처지를 맛본 너라면, 이해할 텐데!"

끔찍한 배신을 당했다는 얼굴로, 밍겔이 외쳤다.

"공적도 지위도 전부 빼앗기고, 실컷 이용한 뒤에 내팽개치고, 그래도 너는, 이런 나라를 위해서 일하겠다는 것이냐?!"

"나라 따위는 상관없어. 이제 와서 대의나 정의를 내세우며 싸울 생각도 없고."

시온이 말했다.

"지금 말이야, 이 주변은 내 활동 범위거든. 자주 이용하는 도시에 거슬리는 놈들이 얼쩡거리니까── 없애버린다. 단지 그것뿐이야."

"흥……. 그렇군, 결국은 어린애에 불과한 것인가, 시온 터레스크. 네놈은 우리의 숭고한 목적을 이해하지 못하는 것 같군."

교섭은 결렬됐다.

밍겔은 이겼다는 것만 같은 미소를 지은 채, 책상 위에 있던 양피지를 집어 들고는 거기에 마력을 흘려 넣었다.

"후후…… 비스테아의 소동을 진압했다고 했지. 하지만, 지금 날뛰고 있는 인마병을 제압한 정도로 까불지 마라. 여기에는……

그런 양산품과는 차원이 다른 병사가 보존돼 있다. 시내에서 잡아 온 열 명을, 내가 시간을 들여서 완벽하게 개조하고, 더할 나위 없는 최고 걸작으로 만들었다. 지금 당장 불러내서 네놈을——."

"그자들이라면—— 이미 인간으로 되돌려 놨어."

가볍게, 시온이 말했다.

실컷 떠들어대던 밍겔의 눈이 휘둥그레졌다. 그 말의 의미를, 전혀 이해하지 못한 것 같다.

"……뭐? 되, 되돌렸다고……?"

"여기까지 오는 중에 보존고를 찾아냈고, 전부 원래대로 되돌렸어. 지금은 모두 인간의 몸으로 돌아와서 잘 자고 있지."

이 연구 시설에 잡혀 있던 사람들은 비스테아에 있던 인마병들과 달라서, 육체가 상당히 깊은 곳까지 개조돼 있었다.

원래대로 되돌릴 수 있을지, 솔직히 도박이었지만——

"아르셰라가 도와주지 않았다면 그들을 구해주지 못했겠지. 정말 다행이야."

"아닙니다. 저는 아주 조금 도와드렸을 뿐입니다. 모든 것은 시온 님의 힘……. 설마 그 몸에 뿌리내린 끔찍한 에너지 드레인을—— 치료에 사용하는 방법을 떠올리시다니. 역시 대단하시다고밖에 드릴 말씀이 없습니다."

"우연일 뿐이야. 오늘이 초하룻날이라서 어떻게든 할 수 있었던 꼼수지."

초하룻날에는—— 에너지 드레인을 제어할 수 있게 된다.

바꿔 말하자면, 평소에는 할 수 없었던 미세한 컨트롤이 가능해진다는 뜻이다.

육체에 깊이 뿌리내린, 잘라내기 힘들었던 마족 인자는—— 에너지 드레인으로 모조리 흡수할 수 있었다.

인간 세상에서 쫓겨나게 되는 원인을 제공한 힘으로 사람들을 구하다니, 정말 얄궂은 이야기다.

"뭣이…… 세, 세상에……."

밍겔은 양피지의 마법진에—— 인마병을 이 자리로 소환하기 위한 술식에 마력을 흘려 넣었지만, 아무런 반응이 없다. 당연한 일이다. 그들은 이미 인간으로 돌아왔고, 지하 연구실 밖으로 옮겨졌으니까.

"네, 네 이놈! 네가 무슨 짓을 했는지 알고는 있느냐! 이, 이 몸의, 위대한 연구 성과를 망쳐버린 것이다! 그 열 마리의 인마병은, 앞으로도 몇 번이나 더 개량해서, 내가 역사에 이름을 남기기 위한 중요한 성과로서——."

"……이제 됐어, 닥터 밍겔."

시온이 정말 진저리난다는 투로 말했다.

"더 이상 네 놈의 목소리는 듣고 싶지도 않아. 듣기만 해도 기분이 나빠지거든. 이 나라에 불만이나 주장할 것이 있다면, 왕도에서 실컷 외쳐. 왕도의…… 감옥 안에서 말이지."

"큭…… 아, 아직이다!"

초조한 얼굴로 소리치며, 밍겔은 가운에서 주사기를 하나 꺼냈다. 보라색 액체가 들어 있는 그것을—— 주저하지도 않고 자기 목에 꽂았다.

끔찍한 색의 액체가, 노인의 몸에 주입됐다.

"후, 후후…… 후하하하…… 컥, 억, 크윽! 하, 하하하……!"

광소와 신음소리의 이중주.

노인의 육체가── 끓어오르는 것처럼 부풀었다.

부글부글 육체에 거품이 일고, 뿜어져 나온 마력이 마른 나뭇가지 같았던 몸을 감쌌다. 마침내 온몸이 검게 물들고, 칠흑의 갑각으로 뒤덮였다. 머리는 개미와 닮은 모양이 돼서, 인간의 얼굴은 찾아볼 수도 없었다.

시내에서 봤던 인마병과 비슷하기는 하지만 크기가 좀 더 크고──

그리고, 훨씬 사납고 강대한 마력을 발산하고 있다.

"후, 후하하하하! 보라, 이것이 내 연구 성과다! 나 자신이 바로, 내 최고 걸작이다!"

개미의 입으로, 밍겔이 웃었다.

노인은 자기 몸도 사전에 개조해뒀던 것 같다. 주사기로 주입한 액체가 어떤 계기가 돼서 자신을 마족으로 만든 것 같다.

"느껴지지? 강대한 힘이! 넘쳐나는 마력이! 후후후후, 단언한다, 시온 터레스크여, 이 모습이 된 나를── 너는 절대로 이길 수 없다."

통나무처럼 굵직한 팔을 치켜들고, 밍겔이 말했다.

"네 몸과 저주에 대해서는 내가 그 누구보다 잘 알고 있다. 몇 번이나, 몇 번이나 다져가면서 확인했으니까! 이 육체는 지금, 불사인 네 놈조차도 완전히 능가했다! 크큭…… 후하하하하! 죽어라, 시온 터레스크! 죽을 때까지 죽이고 또 죽여주마아아아!"

소리를 지르며 주먹을 쥐고, 크게 치켜들더니——

한쪽 팔이—— 날아갔다.

어깻죽지에서부터 깔끔하게 떨어져서.

"……흐에?"

밍겔이 얼빠진 소리를 냈다. 몇 초가 지나고, 겨우 자기 팔이 사라졌다는 것을 이해하고, 절규했다.

"끄, 끄아아아아아악! 내, 내 팔이…….''

"……끝까지 답이 없는 놈이군, 닥터 밍겔."

무표정하게 말하는 시온의 오른손에는 『마검 멜토르』가 있다.

참격의 공간 도약.

성검의 특성을 살려서 밍겔의 팔을 잘라버렸다.

그 속도는 그야말로 신속. 상대의 눈에는 참격은 고사하고 성검이 나타난 순간의 모습조차도 비치지 않았다.

"으, 으윽…… 어, 어째서! 난, 너를 뛰어넘었을 텐데! 네 몸에 대한 것은, 내가 그 누구보다 파악하고…….''

"아직도 모르겠어? 내가 그때—— 네가 내 몸을 가지고 놀았던 그때, 얼마나 필사적으로 저주를 억누르고 있었는지."

2년 전의 검증 당시——

시온은 스스로의 의지로, 저주를 극한까지 억누르고 있었다.

그러지 않았다면—— 바로 닥터 밍겔의 목숨을 모조리 빨아들였을 테니까.

밍겔, 그리고 지상에 있는 사람들을 지키기 위해, 시온은 필사적으로 에너지 드레인과 불사성을 억눌렀다. 아무리 극심한 아픔을 느껴도, 어떤 극한 상태에 몰려도, 그래도 열심히 자신을 다스렸다.

"네가 최대치라고 생각했던 데이터는, 내게는 최소치였을 뿐이야."

"으…… 아아."

할 말을 잃은 밍겔에게, 시온이 천천히 다가갔다.

"이제 끝내자, 전쟁의 망령."

늙은 망령을 보는 눈에는 더 이상 적개심도 분노도 없었다.

그저, 슬픔만이 담겨 있을 뿐이었다.

양쪽의 거리는 마침내 제로가 됐고.

"으…… 으으…… 사, 살려——."

시온이 말했다.

"더 이상 네 목소리는 듣고 싶지 않아."

저주의 각인이 새겨진 오른손을, 상대의 몸에 댔다.

『노 브레스』——.

Presented by Kota Nozomi / Illustration = Pyon-Kti

Genius
Hero
and
Maid
Sister

에필로그 Genius Hero and Maid Sister.

비스테아의 고급 주택가── 롬 저택.

제일 위층에 있는 집무실에서는 한 남자가 정신없이 방 안에서 빙글빙글 맴돌고 있었다. 딱히 뭔가를 하는 것도 아니고, 그저 굳은 얼굴로 방안을 돌아다니고 있었다.

이마가 살짝 벗겨진 체격이 좋은 중년 남성. 거기에 한눈에 봐도 고급이라는 걸 알 수 있는 장신구를 잔뜩 달고 있었다.

저택의 주인이자 비스테아의 유력자, 버튼 데론 롬이다.

'젠장…… 왜지, 어째서 이렇게 됐지?!'

롬 경의 표정은 초조함으로 물들어 있었다.

'이럴 생각이 아니었는데…… 난 그저 『영번 연구실』을 이용해서 놈들의 연구 성과를 독점하려던 것뿐인데……!'

『영번 연구실』이 자신에게 접촉해서 연구 성과를 대가로 자금 제공을 요청했을 때, 롬 경은 흔쾌히 승낙했었다.

그들이 나라에 쫓기는 집단이라는 것은 알고 있었지만, 그래도 이용할 수 있다면 이용하자고 생각했다.

손에 넣은 기술은 사병들의 강화와 왕실에 바치는 선물로 활용해서, 지금 이상의 권력과 지위를 손에 넣을 생각이었다.

올해 대회에서 연구원들이 출전자를 이용한 실험을 하고 싶다고 했을 때도 깊이 생각하지 않고 허락했고, 주최자의 힘을 이용해서 그들이 운영에 관여하도록 했다.

그런데 그 결과가── 오늘의 대소동이다.

인마병들을 부려서 시내를 공격한 것도, 『영번 연구실』이 혁명을 선언한 것도, 롬 경에게는 아닌 밤중의 홍두깨였다.

'설마…… 놈들이 날 이용했다는 건가?'

이제야 진실에 도달한 롬 경은 아주 초조해졌다.

'크, 큰일 났다…… 테러 조직에 자금을 원조했다는 게 알려지면 나도 무사하지 못할 텐데! 아, 아무튼, 조용해질 때까지 국외로 도망──.'

"──실례하겠습니다."

도망칠 계획을 세우기 시작한 롬 경에게, 손님이 찾아왔다.

문도 두드리지 않고 방으로 들어온 무례한 손님은── 이 나라에서 가장 유명한 사내였다.

"너, 너는, 레비우스……!"

"처음 뵙겠습니다, 롬 경."

금발의 잘생긴 남자── 레비우스 벨터 서게인은 부드러운 미소를 지으며 공손하게 인사했다.

"아…… 그래, 만나서 반갑네, 레비우스 군. 나도, 언젠가 구국의 영웅과 한 번 인사를 하고 싶었지. 헌데…… 아쉽게도 지금은 좀 바빠서 말이야."

"예, 그러시겠죠. 아무래도── 지금 당장이라도 외국으로 도망쳐야 할 상황일 테니까."

쾌활하게 웃으며, 그러면서도 날카로운 눈빛으로 노려보며, 레비우스가 말했다.

롬 경은 찬물을 뒤집어쓴 것처럼 몸을 움츠렸다.

"그, 그게 무슨……."

"그러니까~ 뭐라고 할까요…… 사실 시내의 소동은 어느 정도 진정됐습니다."

"……뭐?"

"시내에 나타난 마족…… 아니, 원래 인간이었던 인마병들은 전부 원래 모습으로 돌아와서 치료 중. 그들을 이끌던 『영번 연구실』의 연구원들도 기사단원이 포박 완료. 시민에 대한 피해는 극히 경미. 경상자 수 명, 중상자 없음."

"…………."

믿을 수 없다고, 생각했다.

롬 경이 대회장에서 황급히 도망친 뒤로 아직 한 시간도 안 지났는데.

그렇게 짧은 시간에—— 소동이 진정됐다고?

마계의 마족과 다를 것이 없는 전투 능력을 자랑하는 인마병을, 열여섯이나 시내에 풀어놨는데?

"레비우스…… 네, 네가 했나?"

"아닙니다, 저는 아니죠. 저는 지금 막 비스테아에 도착했으니까요. 아무래도 제 실력으로는—— 이렇게까지 깔끔하게 처리할 수는 없습니다."

질렸다는 것처럼, 그러면서도 자조하는 것처럼, 레비우스가 웃었다.

"그렇다면…… 누가?"

"글쎄요, 누구일까요? 지나가던 정의의 사자라도 있었던 게 아닐까요?"

"…………."

"그건 그렇다 치고── 롬 경. 체포된『영변 연구실』놈들이 불었습니다. 당신이 자금을 제공했다고 말이죠."

"──?! 아, 아니야…… 내, 내가 아니라고! 난 상관없다! 그런 놈들 따위, 난 몰라!"

"잡아떼 봤자 소용없습니다. 교외에 있던 지하 연구실도 이미 기사단이 제압했습니다. 그 토지도 분명히 롬 경의 소유물이죠? 당신의 허가도 없이 그만한 시설을 만드는 건, 아무래도 무리가 아닐까요?"

"말도 안 돼, 거기 연구실까지 들키── 아, 아니, 으, 으윽…… 아, 아니야, 나, 난 아무것도 몰랐어…… 그놈들의 꿍꿍이 따위, 하나도 몰랐다고. 그래! 나도 그놈들한테 속은 피해자야!"

"몰랐다고 해서 넘어갈 수 있는 일과 넘어갈 수 없는 일이 있습니다. 그 이야기는 왕도에서 자세히 듣도록 하지요. 이번 일에 대해서도, 당신이 지금까지 잘 해왔던 여러 일들에 대해서도 말이죠."

"……크, 으으윽."

롬 경은 아무 말도 못 하고 그 자리에 주저앉았다.

마침내 기사단원 몇 명이 방 안으로 들어와서 롬 경을 데려갔다.

"수고하셨습니다, 레비우스 님."

기사단복을 입은 밝은 갈색 머리의 여자── 부관 블로어가 레비우스에게 다가와서 말했다.

"난 아무것도 안 했어. 전부 시온 덕분이지. 정말이지…… 알아서 하라고 말하기는 했지만, 설마 이렇게까지 꼼꼼하게 처리해줄 줄이야. 정말 대단한 녀석이야."

"부, 분명히 그 소년의 힘이 대단하기는 합니다만…… 레비우스 님의 공적도 크다고 봅니다."

블로어가 뜨거운 목소리로 말했다.

"예전부터 롬 경과 『영번 연구실』의 관계를 주목하고, 독자적으로 조사하시지 않았습니까……. 이번 파괴 활동에서도 레비우스 님이 사전에 시내 곳곳에 구호부대를 대기시켜뒀기에 사망자 한 명도 없이 사건을 종결할 수 있었다고 생각합니다."

"뭐…… 그 정도 노력은 해야지."

레비우스는 살짝 쓸쓸하게 웃고, 저택 창밖의 시가지를 내려다봤다.

"너무 잘난 동생의 명령이니까. 그 녀석이 되지 못했던 용사 짓이라는 걸, 조금이나마 진지하게 해봐야겠어."

소동으로부터 사흘이 지나.

저택에 들어온 신문에서는 비스테아에서 일어난 사건에 대해 대대적으로 다루고 있었다.

"『용사 레비우스의 활약으로 반정부 조직에 의한 테러 활동은 순식간에 진압됐다. 시가지에 마족을 풀어놓는 미증유의 큰 사건이었지만 사망자는 없음. 그야말로 「용사」의 이름에 걸맞은 활약이라고 할 수 있을 것이다. 시민들은 마족을 차례로 쓰러트리는 여자를 목격했다고 증언했는데, 그 여자들은 레비우스가 단련시킨 부하로 추정된다.』…… 라는데."

저택의 어떤 방──

홍차와 과자를 즐기며, 아르셰라가 인간의 글자를 읽지 못하는 페이나와 이브리스를 위해 신문 기사를 읽어주자, 두 사람은 노골적으로 불만스런 표정을 지었다.

"……예상은 했지만, 깜짝 놀랄 정도로 전부 금발 군이 한 일이 돼버렸네."

"그나저나 우리, 그 자식 부하 취급인 거야……."

페이나는 볼이 퉁퉁 부었고, 이브리스는 진절머리가 난다는 표정으로 말했다.

"아~ 재미없어. 열심히 한 건 시 님이랑 우리들인데. 금발 군은 아무것도 안 했는데~"

"너무 그러지 마."

불만스레 신음하는 페이나에게, 시온이 타이르는 것처럼 말했다.

"이번 일에는 레비우스의 공도 커. 그 녀석이 뒤에서 이것저것 손을 써준 덕분에, 나도 다른 건 생각하지 않고 전투에 집중할 수 있었어."

"그건 그렇지만~."

"도련님은 여전히 사람이 좋네요~."

여전히 불만인 것 같은 페이나와 이브리스.

"『영번 연구실』을 자처하는 테러리스트들은, 주모자 밍겔과 기타 십여 명이 왕도 제1감옥에 수감 중』."

아르셰라가 그 다음 부분을 읽자, 시온의 얼굴에 씁쓸한 기색이 드리웠다.

'닥터 밍겔……'

시온은── 그를 죽이지 않았다.

제어한 에너지 드레인으로 그의 마족 인자만을 뽑아냈다.

죽이지 않은 이유는…… 시온 자신도 모르겠다.

계속 인간으로 있기 위해서 사람을 죽이는 짓을 피한 것인지, 어차피 사형에 처해질 자 때문에 굳이 자기 손을 더럽히고 싶지 않았던 것인지.

아니면── 마지막 정인지.

'나도…… 까딱 잘못하면 그자처럼 됐을지도 몰라.'

손바닥 뒤집는 것처럼 배신했던 왕족에게 심판의 철퇴를── 그런 생각을 한 적이 없다고 하면, 거짓말이다.

왕도에서 추방되고, 그 누구와도 관여하지 못하고 혼자서 고독하게 살던 때는, 계속 그런 생각만 했었다.

평화로운 세상을── 부숴버리고 싶어서 미칠 지경이었다.

마음이 어둠 속으로 타락해버려도 이상하지 않을 지경이었다.

연구욕과 인정받고 싶다는 욕심에 몸이 달아올랐던 노인(老人)과 마찬가지로.

또는.

용사였으면서도 파멸을 바라고 말았던, 마왕과 마찬가지로.

'하나도 다를 게 없어…… 나도 본질적으로는 그 녀석들과 똑같은지도 몰라. 언제 저쪽으로 가게 돼버리더라도, 이상할 게 없을 정도로.'

자신의 마음속에 자리 잡고 있는 어둠을 자각하며, 시온이 깊이 생각하기 시작한── 그때.

"……허무하군요."

문득, 나기가 중얼거렸다.

"보답을 받고자 움직인 것은 아닙니다만…… 이렇게 막상 끝나고 보니 답례라도 한마디 듣고 싶어집니다. 저희가 한 일을 그 누구도 이해해주지 않는다는 것은, 이리도 허무한 일이었군요."

"…………."

"하다못해 나리마님의 활약만이라도 세상에 알리고 싶습니다만……."

"……괜찮아."

시온이 말했다.

"내 활약은── 이미 충분히 보여줬어."

"응? 무슨 말이야, 시 님?"

"어디선가 힘자랑 좀 하고 오셨습니까?"

"아…… 아니, 그게…… 그러니까, 저기."

의아해하며 묻는 페이나와 이브리스에게, 시온은 횡설수설하면서도,

"내, 내 활약이라면…… 너희가 봤잖아?"

그렇게 말했다.

"너희가 알아준다면, 난 그걸로 됐어……."

끝까지 말하고, 홍차 잔 쪽으로 손을 뻗었다. 얼굴이 뜨거워져서 메이드들을 똑바로 볼 수가 없었다.

메이드들은 잠시 아무 말이 없었지만——

"예! 시온 님의 용감한 모습, 실컷 감상했습니다!"

"응응, 진짜 멋있었어, 시 님! 상으로 잔뜩 쓰다듬어줄게!"

"또 귀여운 소리를 하고 말이죠. 에잇, 에잇."

"나리마님, 오늘은 제가 평소보다 더 열심히 맛있는 식사를 준비하겠습니다!"

메이드 네 명은 너무나 행복한 표정을 지으며 시온에게 매달렸다.

"큭……. 어, 너, 너무 가까이 오지 마! 홍차가 쏟아지잖아!"

투덜거리면서도—— 마음속의 구멍에 메워지는 것을, 시온은 느끼고 있었다. 나락과도 같은 허무함이, 사라지지 않던 고독과 증오가, 거짓말처럼 녹아서 없어지는 기분이 든다.

'……괜찮아. 난 틀림없이, 괜찮을 거야.'

시온은 마음속으로 중얼거렸다.

허세가 아니라, 진심으로 그렇게 생각했다.

'이 녀석들이 같이 있는 한, 난 괜찮아.'

이번 싸움에서—— 시온은 아무것도 얻은 게 없다.

가짜 용사가 또 하나의 전과를 올리고, 더 많은 명성을 얻었을 뿐.

시온과 메이드들은 도시를 구하기 위해 열심히 노력했으면서도 아무런 보답을 받지 못했고, 그 누구도 그 존재를 알아주지 않았다.

사람들을 위해 노력하면서도 보답받지 못한 다섯이지만, 어째선지, 너무나 행복해 보였다.

신동용사와
메이드 누나

작가 후기

『응석을 부리는』 행위는 간단한 것 같으면서도 어렵다는 생각
이 듭니다. 좋은 면과 나쁜 면이 표리일체라고나 할까, 뭔가 공과
죄가 있는 것 같다고 할까. 뭐랄까요…… 『응석을 부리는』 행위에
는 『상대를 믿는다』는 요소가 필요불가결이라고 생각합니다. 이
사람이라면 약한 모습을 보여줄 수 있다. 이 사람이라면 날 받아
들여 줄 것이다. 이 사람이라면 내 앞에서 없어지지 않을 것이
다…… 무의식적으로 그렇게 생각하기에, 사람은 누군가에게 『응
석을 부리는』 것이 가능해집니다. 물론 그것이 과도해지면 당연히
좋지 않지만, 그렇다고 해서 누구에게도 응석을 부리지 않고 살
아가는 것도 쓸쓸한 일이고, 그리고 상대 입장에서도 전혀 응석
을 부리지 않는 상대는 너무나 서글픈 존재로 느껴질 것 같습니
다. 뭐든지 적당한 조절이 중요하다는 뜻이겠죠.

그렇게 해서 노조미 코타입니다.

작은 소년 주인과 누나 메이드들의 일상 이야기 제2탄. 이번에
도 뭐, 하는 일은 1권이랑 별로 다를 건 없습니다. 귀여운 소년이
누나들과 즐거운 시간을 보내는 날들. 세상에서 버려진 소년이
그래도 행복하게 살아가는 이야기. 앞으로도 그들의 일상 판타지
러브 코미디를 느긋하게 써나갈 수 있다면 좋겠습니다. 다행히도
매출이 좋았던 것 같아서, 앞으로 더 쓸 수 있을 것 같습니다.

앞으로도 잘 부탁드리겠습니다.

여기서 갑자기 공지사항.

『신동용사와 메이드 누나』, 이럴 수가, 벌써 만화 연재가 결정
됐습니다!『코믹 얼라이브』에서 2019년 가을 무렵부터 연재가 시
작될 예정입니다. 자세한 정보는 공식 트위터 등에서 수시로 보
고할까 합니다. 기대해주세요!

이하 감사 인사.

담당 편집자 T님. 이번에도 신세 많이 졌습니다. 차남 출산과
완전히 겹친 탓에 여러모로 잔뜩 늦어져서 정말 죄송했습니다.
앞으로 조심하겠습니다. 풍키치 님. 이번에도 훌륭한 일러스트를
그려주셔서 감사합니다. 메이드들은 야하고 시온은 귀엽고, 정말
최고입니다. 그리고 출산 선물까지 보내주시고, 그저 감사할 따
름입니다. 앞으로도 잘 부탁드리겠습니다. 그리고 이 책을 구입
해주신 독자 여러분께 최대급의 감사를 드립니다.

그럼, 인연이 된다면 3권에서 또 뵙겠습니다.

노조미 코타

SHINDOU YUUSHA TO MAID ONEESAN Vol.2
©Kota Nozomi 2019
First published in Japan in 2019 by KADOKAWA CORPORATION, Tokyo.
Korean translation rights arranged with KADOKAWA CORPORATION, Tokyo.

신동용사와 메이드 누나 2

2020년 2월   1일 1판 1쇄 발행
2020년 2월 15일 1판 2쇄 발행

저 자	노조미 코타
일 러 스 트	풍키치
옮 긴 이	김정규
발 행 인	유재옥
본 부 장	조병권
담 당 편 집	정영길
편 집 1 팀	정영길, 김민지, 조찬희, 이성호
편 집 2 팀	김다솜, 이본느
편 집 3 팀	박상섭, 임미나, 김효연
미 술	강혜린 박은정
라 이 츠 담 당	박선희 김슬비
디 지 털	전준호 박지혜
발 행 처	㈜소미미디어
인 쇄 제 작 처	코리아피앤피
등 록	제2015-000008호
주 소	서울 마포구 토정로 222, 403호(신수동, 한국출판콘텐츠센터)
판 매	㈜소미미디어
마 케 팅	한민지 한주원
물 류	허석용 최태욱
전 화	편집부 (070)4164-3962, 3963 기획실 (02)567-3388
	판매 및 마케팅 (070)4165-6888, Fax (02)322-7665

ISBN 979-11-6507-249-0 04830
ISBN 979-11-6507-026-7(세트)